MISTERIO EN EL TEATRO

MYSTERY IN THE THEATER

de la colección Pepa Torres, periodista.

Un libro para aprender español. Nivel A1-A2 (Edición español-inglés)
A book for learning Spanish. Basic level (Spanish-English edition)

Escrito por   Written by
Carmen Madrid
carmenmadrid.net

Traducido por   Translated by
Carolina García Martín

MISTERIO EN EL TEATRO
MYSTERY IN THE THEATER
Colección: Pepa Torres, periodista.
© Carmen Madrid, 2019.

Imagen de portada: Canva.
Cover image: Canva.

Traducción: © Carolina García Martín
Translation: © Carolina García Martín

Diseño de portada: © Carmen Madrid.
Cover design: © Carmen Madrid.

Fecha de edición: septiembre 2019
Edition date: septiembre 2019

Web: carmenmadrid.net
Mail: pepatorresperiodista@gmail.com

MISTERIO EN EL TEATRO

MYSTERY IN THE THEATER

Carmen Madrid

GIFT

This book has two versions: one of them, bilingual Spanish-English and another, a version entirely in Spanish.

If you have purchased this book (especially if you are a teacher) and your students have the Spanish version and you want them to practice playing, in this link you can find **a game** similar to the Trivial Pursuit: https://carmenmadrid.net/mt exercices-game/

REGALO

Este libro tiene dos versiones: una de ellas, bilingüe español-inglés y otra, una versión totalmente en español.

Si has comprado este libro (especialmente si eres profesor/a), y tus estudiantes tienen la versión en español y quieres que practiquen jugando, en este enlace puedes encontrar **un juego** similar al Trivial Pursuit: https://carmenmadrid.net/mt-exercices-game/

DEDICATORIA

A Miguel.

ÍNDICE

WHO SHOULD READ THIS BOOK?

Would you like to improve your Spanish with something fun? When you read in Spanish, do you feel insecure and would you like to have the translation? Do you look at the word in the dictionary, but it does not help because there is a list of words without context? Are you a Spanish teacher and want to set them a reading in Spanish and at the same time be sure that you understand everything?

This book is indicated to learn Spanish and in particular it is recommended for students of Spanish beginners of level A1 and A2. It is an easy reading to read because the grammar is simple and the vocabulary is of a low level. Also, it's fun because you can read a mystery story and at the same time learn Spanish.

If you feel like it, you can have the Spanish version, but if you want to be sure that you are understanding everything, I recommend the Spanish-English bilingual version. If you are a Spanish teacher, you can set the students the Spanish version, while you can read the bilingual version.

If you want to know what grammar points and what functions you will find, on the next page you have a list.

I am delighted that you have decided to buy this reading book. I really hope that this book will help you improve your Spanish and have fun reading it.

If the book is useful and helps you, I ask you to write a positive comment on Amazon so that other people can discover it and so that I can continue publishing other books.

¿A QUIÉN VA DIRIGIDO ESTE LIBRO?

¿Te gustaría mejorar tu español con algo divertido? Cuando lees en español ¿te sientes inseguro y te gustaría tener la traducción? ¿Miras la palabra en el diccionario, pero no te ayuda porque hay una lista de palabras sin contexto? ¿Eres profesor de español y quieres mandarles una lectura en español y al mismo tiempo estar seguro de que tú mismo comprendes todo?

Este libro está indicado para aprender español y en concreto está recomendado para estudiantes de español principiantes de nivel A1 y A2. Es una lectura fácil de leer porque la gramática es simple y el vocabulario es de un nivel bajo. Además, es divertida porque puedes leer una historia de misterio y al mismo tiempo aprender español.

Si te apetece puedes tener la versión en español, pero si quieres estar seguro de que estás comprendiendo todo, te recomiendo la versión bilingüe español-inglés. Si eres profesor de español, puedes mandar a los estudiantes la versión en español, mientras tú puedes leer la versión bilingüe.

Si te interesa saber qué puntos gramaticales y qué funciones vas a encontrar, en la página siguiente tienes un listado.

Estoy encantada de que hayas decidido comprar este libro de lectura. Espero de verdad que este libro te ayude a mejorar tu español y te diviertas leyéndolo.

Si el libro te resulta útil y te ayuda, te pido que escribas un comentario positivo en Amazon para que otras personas lo descubran y para que yo pueda continuar publicando otros libros.

GRAMMAR AND FUNCTIONS

- Alphabet, addresses, emails.
- Present, reflective verbs in the present.
- To be + "-ing form", to have + infinitive, go to + infinitive.
- Indefinite pronouns: someone, some, ...
- Direct complement of person with "a".
- Apocope of "good".
- Personal information.
- Vocabulary: numbers, days, theater.
- Location, there is/are and he/she/it is.
- Physical description, character, places, etc. With verbs to be, to have, to carry, to be.
- Asking, ordering at the bar.
- Express tastes and preferences.

GRAMÁTICA Y FUNCIONES

- Abecedario, direcciones, direcciones de correo electrónico.
- Presente, verbos reflexivos en presente.
- Estar + gerundio, tener + infinitivo, ir a + infinitivo.
- Pronombres indefinidos: alguien, alguno, ...
- Complemento directo de persona con "a".
- Apócope de "bueno".
- Datos personales.
- Vocabulario: números, días, la casa, teatro.
- Ubicación, hay y está.
- Descripción física, carácter, lugares, etc. Con verbos ser, tener, llevar, estar.
- Pedir, pedir en el bar.
- Expresar gustos.

THE AUTHOR

I am starting a new adventure.

I write since I was little. When I was 10 years old, in school, I won two literary prizes, one for a story entitled "The cool knife", a masterpiece sadly missing because of my younger brother who broke it into a thousand pieces and another for a play.

As a child I was an avid reader, walking and reading at the same time around the house. I read everything I found around my house and the ones I picked up from the school library.

Now I want to return to my fondness as a writer combining it with my profession, a Spanish teacher for foreigners.

I am going to tell you some biographical information about me that may be is interesting for you:

I was born in Madrid in 1969, where I have lived all my life, I explain it so that you know what my linguistic variety is (the characteristics of my way of expressing myself, my accent, etc.).

I studied Spanish Philology at the Complutense University of Madrid (1988-1995), I have a master's degree to be a professor (CAP) and a Spanish Technician course for foreigners, which enable me to teach Spanish for foreigners, a profession that I continue to practice in this moment and also to be a Secondary teacher of Spanish language, Literature and History.

I obtained the accreditation of the Instituto Cervantes to be an examiner of the DELE C1 and C2 in 2013 and for the level B1 and B2, in 2014.

I have been a Spanish teacher since 1994, head of studies and examiner of the DELE on several occasions in levels B1, B2, C1 and C2.

I am a co-author of a book for students of Spanish in Brazil entitled Accents of Spanish from Editorial Edelvives published in 2014. I am also the author of Method DELE B2: oral test.

LA AUTORA

Estoy iniciando una nueva aventura.

Escribo desde que era pequeña. Cuando tenía 10 años, en el colegio, gané dos premios literarios, uno por un cuento titulado "El cuchillo chulo", obra maestra tristemente desaparecida por culpa de mi hermano menor que la rompió en mil pedazos y otro por una obra de teatro.

Desde muy niña fui una ávida lectora, caminaba y leía al mismo tiempo por la casa. Leía todo lo que encontraba por mi casa y los que cogía de la biblioteca del colegio.

Ahora quiero volver a retomar mi afición como escritora combinándola con mi profesión, profesora de español para extranjeros.

Voy a contarte algunos datos biográficos sobre mí que quizá puedan ser interesantes para ti:

Nací en Madrid en 1969, donde he vivido toda mi vida, esto lo explico para que sepas cuál es mi variedad lingüística (las características de mi forma de expresarme, mi acento, etcétera).

Estudié Filología Hispánica en la Universidad Complutense de Madrid (1988–1995), tengo un máster para ser profesora (el CAP) y curso de Técnico de español para extranjeros, lo que me habilitó para enseñar español para extranjeros, profesión que sigo ejerciendo hasta la actualidad, y también para ser profesora de Lengua, Literatura e Historia a Secundaria.

Obtuve la acreditación del Instituto Cervantes para ser examinadora del DELE C1 y C2 en 2013 y para el nivel B1 y B2, en 2014.

He sido profesora de español desde 1994, jefa de estudios y examinadora del DELE en varias ocasiones en los niveles B1, B2, C1 y C2.

Soy coautora de un libro para estudiantes de español de Brasil titulado Acentos del español de la Editorial Edelvives publicado en 2014. También soy la autora de Método DELE B2: prueba oral.

MYSTERY IN THE THEATER

MISTERIO EN EL TEATRO

MYSTERY IN THE THEATER
CHARACTERS

Pepa Torres Valbuena: new editor of culture and shows at the Telepress agency. She is 27 years old and she is from Madrid. At this time, she lives with her sister, but wants to move out.

Rosa: receptionist of the agency. She is 40 years old. She's from Madrid. She has been working in the agency for a long time and knows everyone.

Teresa Maldonado: the director of the agency, the editor-in-chief. She's 42 years old. She's from Madrid.

Susana Martín: society editor. She is 30 years old. She's from Madrid. She is Pepa's partner and her best friend in the agency.

Laura: Photographer. Laura is chubby. She is 35 years old. She's from Madrid.

Nicolás: deals with Infographics and Information Technology. He is 29 years old. He's from Madrid.

Luis: takes covers events and the courts. He is in love with a girl named Madi. Luis has very curly hair. He is 30 years old. He's from Badajoz, which is very modern.

Patricia, the sister of Pepa. She is 30 years old and is from Madrid.

Madi: friend of Luis. She is 30 years old and is from Madrid.

Raúl: police, friend of Susana. He is 32 years old. He's from Madrid.

Lucía de la Vega: famous actress.

Adolfo: director of the work.

Diana: supporting actress.

Marisa: supporting actress.

Agency: Telepress

Title play: Luna Rota.

MISTERIO EN EL TEATRO
PERSONAJES

Pepa Torres Valbuena: nueva redactora de cultura y espectáculos en la agencia Telepress. Tiene 27 años y es de Madrid. En este momento vive con su hermana, pero quiere vivir en otra casa.

Rosa: recepcionista de la agencia. Tiene 40 años. Es de Madrid. Hace mucho tiempo que trabaja en la agencia, conoce a todo el mundo.

Teresa Maldonado: la directora de la agencia, la redactora jefa. Tiene 42 años. Es de Madrid.

Susana Martín: redactora de sociedad. Tiene 30 años. Es de Madrid. Es la compañera de Pepa y su mejor amiga en la agencia.

Laura: fotógrafa Laura es gordita. Tiene 35 años. Es de Madrid.

Nicolás: se ocupa de las Infografías e Informática. Tiene 29 años. Es de Madrid.

Luis: Sucesos y tribunales. Está enamorado de una chica que se llama Madi. Luis tiene el pelo muy rizado. Tiene 30 años. Es de Badajoz. Es muy moderno.

Patricia: hermana de Pepa. Tiene 30 años. Es de Madrid.

Madi: amiga de Luis. Tiene 30 años. Es de Madrid.

Raúl: policía, amigo de Susana. Tiene 32 años. Es de Madrid.

Lucía de la Vega: famosa actriz.
Adolfo: director de la obra.
Diana: actriz de reparto.
Marisa: actriz de reparto.

Agencia: Telepress
Título obra de teatro: Luna Rota.

CHAPTER 1. PEPA ARRIVES AT THE AGENCY

Today is Pepa's first day of work. She is nervous, very nervous. Pepa is a journalist. She is going to work at a news agency in Serrano Street, near the Puerta de Alcalá and El Retiro Park, in the center of Madrid.

Pepa must arrive at nine in the morning but arrives at a quarter to nine. The doorway is closed, so she rings the intercom.

"Hello, Good Morning. It is Pepa Torres. I have an appointment with Mrs. Maldonado."

"Yes. Come in."

"Thank you."

Pepa goes up the stairs and rings the bell. Someone opens the door and Pepa goes to the reception area.

At reception there is a girl. She has long, dark hair. She is tall and thin, wears glasses and a very beautiful dress. She seems like a nice girl.

"Good Morning. Mrs. Maldonado, please? It is Pepa Torres."

"Hello, Pepa. I am Rosa, the secretary of the agency. Teresa, Mrs. Maldonado has not arrived yet. Could you please wait in the coffee room? There are some editors there that you can meet. It is the first door on the right. Let me walk you there."

CAPÍTULO 1. PEPA LLEGA A LA AGENCIA

Hoy es el primer día de trabajo de Pepa. Está nerviosa, muy nerviosa. Pepa es periodista, va a trabajar en una agencia de noticias que está en la calle Serrano, cerca de la Puerta de Alcalá y del parque de El Retiro, en el centro de Madrid.

Pepa tiene que llegar a las nueve de la mañana, pero llega a las nueve menos cuarto. La puerta del portal está cerrada, así que llama al portero automático.

—Hola, buenos días. Soy Pepa Torres. Tengo una cita con la Sra. Maldonado.

—Ah, sí. Te abro.

—Gracias

Pepa sube por las escaleras y llama al timbre. Alguien abre la puerta, Pepa va a la recepción.

En la recepción hay una chica. Es morena y tiene el pelo largo, es alta y delgada, lleva gafas y un vestido muy bonito. Parece una chica simpática.

—Buenos días. ¿La señora Maldonado, por favor? Soy Pepa Torres.

—Hola Pepa. Yo soy Rosa, la secretaria de la agencia. Teresa, la Sra. Maldonado, no ha llegado todavía. Espera un momento en la cafetería y así conoces a algunos redactores que están ahí, es la primera puerta de la derecha. Te acompaño.

VOCABULARIO DEL CAPÍTULO 1

Va a trabajar: futuro próximo, el verbo IR + a + verbo en infinitivo (-ar, -er, -ir). Tercera persona, puede ser: él va, ella va, usted va.

La Puerta de Alcalá: es un monumento, una de las puertas de la ciudad.

El parque de El Retiro: un parque histórico, muy famoso de Madrid. Tiene un estanque y la estatua del diablo.

Portal (el): es la entrada en un edificio de apartamentos o pisos.

Portero automático (el): algo similar a un teléfono que está en la calle, cerca de la puerta del portal para llamar a las casas.

Soy Pepa Torres: para presentarnos usamos la primera persona (yo) soy.

Sra. Maldonado: abreviatura de "señora".

Es morena y tiene el pelo largo, lleva gafas: SER, TENER y LLEVAR son los verbos que se usan para describir.

Ha llegado: verbo en pasado, pretérito perfecto compuesto del verbo "llegar" (to arrive).

Espera: el verbo ESPERAR tiene 3 traducciones en inglés: to wait, to expect y to hope. You do not need to say "please" if you use a proper and friendly intonation.

Te acompaño: verbo ACOMPAÑAR, significa "ir a algún lugar con otra persona", caminar junto a otra persona. "Te" se refiere a esa persona, en este caso un "tú".

La Puerta de Alcalá

CHAPTER 2. COLLEAGUES

Rosa goes with Pepa to the coffee room. It is a room neither too big nor too small. On the left, there is a shelf full of cups, a kettle, a coffee maker, sugar and some cookies. At the back there is a sink and a countertop, as in a kitchen, with a microwave. On the right, there is also a fridge. It looks more like a kitchen than a coffee room. There is a very large table in the middle, with several people around it. Rosa introduces Pepa:

"Hi guys, meet Pepa. Pepa is the new culture editor, she starts today."

"Hi Pepa, how are you? I am Susana" Susana gets up and greets Pepa with two kisses on the cheek. "I'm the society editor."

"Hi, I'm Laura, nice to meet you, I'm the agency's photographer. This is Luis, of events and courts."

Luis and Laura greet Pepa with two kisses on the cheek. Susana is short, blond and has short hair. Laura is thick and speaks very loudly. Luis has very curly hair and wears a very cool shirt. He looks very trendy.

"How are you?" asks Laura.
"Hi, how are you?" Pepa replies.
"Nice to meet you" says Luis.

Rosa returns to the reception and the editors ask Pepa some questions.

CAPÍTULO 2. COMPAÑEROS DE TRABAJO

Rosa va con Pepa a la cafetería. Es una sala ni muy grande ni muy pequeña. A la izquierda, hay una estantería llena de tazas, un hervidor de agua, una cafetera, azúcar y algunas galletas. Al fondo hay un fregadero y una encimera, como en una cocina, con un microondas. A la derecha, también hay un frigorífico. Parece más una cocina que una cafetería. En el centro hay una mesa muy grande, alrededor hay varias personas. Rosa presenta a Pepa:

—Hola chicos, os presento a Pepa. Pepa es la nueva redactora de cultura, empieza a trabajar hoy.

—Hola Pepa ¿Qué tal? Soy Susana —Susana se levanta y le da dos besos a Pepa—. Soy la redactora de sociedad.

—Hola, yo soy Laura, encantada, soy la fotógrafa de la agencia. Este es Luis, de sucesos y tribunales.

Luis y Laura también le dan dos besos a Pepa. Susana es bajita, rubia y tiene el pelo corto. Laura es gordita y habla muy alto. Luis tiene el pelo muy rizado y lleva una camiseta muy chula. Es muy moderno.

—¿Qué tal? —dice Laura.
—Hola, ¿qué tal? —responde Pepa.
—Encantado de conocerte —dice Luis.

Rosa vuelve a la recepción y los redactores le hacen algunas preguntas a Pepa.

"Where are you from?" asks Susana.

"I'm from here, from Madrid" Pepa replies. "And you?"

"Me too. We are all from Madrid except Luis."

"Where is Luis from?" asks Pepa.

"He is from Extremadura" says Laura.

"Really?" says Pepa, "I have many friends from Extremadura. What village or town are you from?"

— I am from Zafra, a town of Badajoz "reply Luis with a strong Extremaduran accent- a very beautiful city."

Everyone laughs because he usually does not talk like that.

"Would you like a cup of coffee or tea, Pepa?" Susana offers Pepa a cup.

"No thanks, I feel a little nervous, I must talk to Mrs. Maldonado in a little while."

"Good for you, this coffee tastes terrible. Yikes!" Luis complains. "Who prepares the coffee in this office?"

Everyone drinks coffee. Luis takes some cookies and sits next to Pepa. Luis and Pepa talk:

"Where do you live, Pepa?" says Luis

"Well, I am currently living with my sister but I am looking for a room to rent. Do any of you rent a room or share an apartment?"

"I don't, but I have a friend who shares an apartment with two other roommates and I think there is an available room in the apartment."

"May I have her phone number?"

"Yeah sure. Here it is, her name is Madi."

"Thanks, Luis. I will call or text her this afternoon."

"You're welcome."

—¿De dónde eres? —pregunta Susana.

—Soy de aquí, de Madrid —responde Pepa. ¿Y tú?

—También. Todos somos de Madrid excepto Luis.

—¿De dónde es Luis?

—De Extremadura, es extremeño —responde Laura.

—¡Anda! —dice Pepa—. Tengo muchos amigos extremeños ¿De qué ciudad o de qué pueblo?

—De Zafra, una ciudad de Badajoz —contesta Luis con mucho acento extremeño— una ciudad muy bonita.

Todos se ríen porque normalmente no habla así.

—¿Quieres un café o un té, Pepa? —Susana le ofrece una taza a Pepa.

—No gracias, estoy un poco nerviosa, tengo que hablar con la Sra. Maldonado dentro de un rato.

—Mejor, este café está malísimo. ¡Puaj! —se queja Luis. ¿Quién prepara el café en esta oficina?

Todos toman café. Luis coge algunas galletas y se sienta al lado de Pepa. Luis y Pepa conversan:

—¿Dónde vives, Pepa? —dice Luis

—Pues, ahora vivo con mi hermana, pero estoy buscando una habitación para vivir. ¿Alguno de vosotros alquila una habitación o comparte piso?

—Yo no, pero tengo una amiga que comparte piso con otras dos personas y creo que hay una habitación libre en el piso.

—¿Puedes darme su teléfono?

—Sí, claro. Aquí tienes, se llama Madi.

—Gracias, Luis. Esta tarde llamo o le escribo un WhatsApp.

—De nada.

VOCABULARIO DEL CAPÍTULO 2

Ni muy grande ni muy pequeña: no … y no … (no es muy grande, no es muy pequeño).

Chicos (los): el masculino plural se usa para chicos y chicas juntos. Por ejemplo: mi **padre** (my father), mi madre (my mother), mis **padres** (my parents).

Os: se refiere a "vosotros", el plural de tú (varias personas).

El lunes que viene: el lunes próximo, el próximo lunes.

¿Qué tal?: se usa para saludar. Es similar a **¿cómo estás?** y para preguntar por algo ¿qué tal la fiesta? (no necesitas un verbo)

Dar dos besos: es común saludar con dos besos cuando te presentan a una persona de manera informal.

Encantada (si eres una chica) o **encantado** (si eres chico), se dice después de conocer el nombre de una persona, en situaciones formales e informales.

Bajita, gordita: si usas adjetivos que significan algo negativo, como "bajo/a" o "gordo/a", es habitual usar el diminutivo con "–ito, -ita". Así, parece menos negativo y más cariñoso.

Chula: los jóvenes dicen chulo o chula si piensan que una cosa es bonita. Si usas "chulo/a" para cosas es positivo. Para personas es negativo.

Responder y contestar son sinónimos.

¡Anda!: expresión de sorpresa.

Un rato: aproximadamente 15 minutos o 30 minutos.

Dentro de …: expresión de futuro. Ej.: dentro de 15 días (in 15 days) voy a comprar un coche..

¡Puaj!: expresión de asco.

Coger: en España es sinónimo de "tomar", tomar o coger un taxi, o agarrar algo con la mano. En países de Hispanoamérica tiene un significado sexual, en España en absoluto.

¿Puedes repetir?: poder + verbo en infinitivo (-ar, -er, -ir). Se usa para pedir.

Aquí tienes: se dice cuando tienes una cosa en la mano y se la das a alguien.

CHAPTER 3. PEPA TALKS TO HER BOSS

At that moment Rosa returns to the coffee room to inform Pepa that Mrs. Maldonado is here and that she is waiting for her in her office. Rosa goes ahead, walking slowly as Pepa follows her.

The office is large, in the center there is a dark wood table with a computer. On the right you can see another smaller table with a printer, and on the left, there is a bookshelf. At the back, behind the table there is a very large window, so the room is bright.

Mrs. Maldonado is sitting in an armchair between the window and the table. She is a thin woman and not very tall, she has long dark hair, light-coloured eyes, she is wearing a not very elegant suit, black, with a red shirt. Her face is friendly, she seems kind and calm.

"Hello, good morning, Pepa."
"Hello, good morning, Mrs. Maldonado." They shake hands.
"Please, sit down" Teresa says very kindly.
"Thank you."

Teresa Maldonado speaks slowly, in a friendly way:

"Teresa, everyone calls me Teresa. You can talk to me using "you" (the informal way). We will work together every day."
"You start working next Monday and I need to know some information for your contract and for the office file. Not many questions."
"What is your name? Your full name, please."
"Pepa Torres Valbuena."

CAPÍTULO 3. PEPA HABLA CON SU JEFA

En ese momento Rosa vuelve a la sala del café para informar a Pepa de que la señora Maldonado está aquí y la espera en su despacho. Rosa va delante, camina despacio y Pepa detrás.

El despacho es grande, en el centro hay una mesa de madera oscura con un ordenador. A la derecha se puede ver otra mesa más pequeña donde está la impresora y a la izquierda hay una librería. Al fondo, detrás de la mesa hay una ventana muy grande, así que la habitación es luminosa.

La señora Maldonado está sentada en un sillón entre la ventana y la mesa. Es una mujer delgada y no muy alta, tiene el pelo oscuro y largo, los ojos claros, lleva un traje no muy elegante, negro, con una camisa roja. Tiene una cara agradable, parece amable y tranquila.

—Hola, buenos días, Pepa.
—Hola, buenos días, señora Maldonado. —Se dan la mano.
—Siéntate, Pepa. —Ofrece muy amable Teresa.
—Gracias.

Teresa Maldonado habla despacio, de manera amistosa:

—Teresa, todos me llaman Teresa. Puedes hablarme de tú, vamos a trabajar juntas todos los días. Empiezas a trabajar el lunes y necesito saber algunos datos para tu contrato y para la ficha de la oficina. Son pocas preguntas.

—¿Cómo te llamas? Tu nombre completo, por favor.
—Pepa Torres Valbuena.

"Is your second surname with be or with vee?"

"The first with vee and the second with be."

"Can you spell it please?"

"Sure. It is v, a, l, b, u, e, n, a."

"Thank you. What is your D.N.I. (identity card number)?."

"8,250,123. Letter T."

Teresa writes everything on the computer. She is filling in the information she gets from Pepa.

"OK, very good. One more question and that's it. You have to give me your current bank account number to deposit your salary."

"Could I tell you the number another day? I want to go to the bank and open another account."

"Yeah, sure, no problem. To get started, you will join Susana, the society editor. You two are going to work together for a while. She is going to show you how everything works. Your desk is in front of hers. You can leave for today and next Monday you will go straight there."

"Perfect."

"Well, nothing else" says Teresa. She stands up and shakes hands with Pepa. "We will meet again next Monday."

"Thank you. See you on Monday then. Have a nice weekend."

—¿Tu segundo apellido es con be o con uve?

—La primera con uve y la segunda con b.

—¿Puedes deletrearlo, por favor?

—Claro. Es uve, a, ele, be, u, e, ene, a.

—Gracias. ¿Cuál es tu D.N.I.?

—8.250.123. Letra T.

Teresa escribe todo en el ordenador, está rellenando los datos que pregunta a Pepa.

—Vale, muy bien. Una pregunta más y ya está. Tienes que darme tu número de cuenta corriente para hacer los ingresos de tu sueldo.

—¿Te puedo decir el número otro día? Quiero ir al banco y abrir otra cuenta.

—Sí, claro, no hay problema. Para empezar, vas a acompañar a Susana, la redactora de sociedad, vais a trabajar juntas un tiempo, ella te va a enseñar cómo funciona todo. Tu mesa está enfrente de la suya. Hoy te puedes marchar y el lunes vas directamente allí.

—Perfecto.

—Pues, nada más —dice Teresa. — Se pone de pie y da la mano a Pepa. —Te espero el lunes.

—Gracias. Hasta el lunes. Buen fin de semana.

VOCABULARIO DEL CAPÍTULO 3.

Hay un, una, unos, unas: Para decir todas las cosas que "Hay un, una, unos, unas: Para decir todas las cosas que "existen" en un lugar. Siempre se usa "hay" en singular y plural. "En la habitación hay un ordenador y hay dos mesas".

"…Otra mesa más pequeña donde está la impresora": para la localización se usa "estar" con el artículo el, la, los, las.
Darse la mano: es un saludo formal.

Siéntate: es el imperativo del verbo "sentarse". En español, el imperativo puede ser amable, depende de la entonación que utilices. La entonación es importante cuando pides algo u ofreces algo. Si tu entonación es amable, no necesitas decir "por favor".

Hablar de tú o tutear: usar la persona tú, hablar de manera informal. La otra opción es "hablar de usted", hablar de manera formal.

Segundo apellido: los españoles tenemos dos apellidos y no tenemos "middle name".
El primer apellido es habitualmente del padre y el segundo de la madre. Desde el día de nacimiento tenemos un nombre (o dos) y dos apellidos. Las mujeres no cambian los apellidos, no importa si están casadas o no. Ej.: Pepa (nombre) Torres (primer apellido) Valbuena (segundo apellido).

Con be o con uve: la letra "b" y la letra "v" tienen el mismo sonido en español, así que es común preguntar si un apellido se escribe con be o con uve.

D.N.I. (Documento Nacional de Identidad): es un documento para identificar a las personas, es obligatorio llevarlo si eres adulto.

Tienes que dar: TENER QUE + verbo en infinitivo (-ar, -er, -ir), se usa para expresar obligación.

Cuenta corriente: la cuenta del banco.
Funcionar: para personas se usa "trabajar" y para cosas se usa "funcionar", normalmente.

Hasta el lunes: para decir "adiós" si vas a ver a la persona el lunes.

You can watch a tutorial with video about How do you know when to use HAY or ESTÁ(N) + locations in Spanish:
https://carmenmadrid.net/tutorialELE/beginners/tutorials/hay-or-esta/

CHAPTER 4. SEE YOU ON MONDAY

Pepa leaves the office; she wants to say goodbye to everyone before leaving. She goes to the coffee room but nobody is there, so she goes to the office. It is a very large room; she looks everywhere but does not see any of her new workmates. Someone calls her:

"Pepa, Pepa, we are here!" says Susana, who waves her hand.
"Oh! I wanted to let you all know that I'm leaving. Now I can leave for today and I will start working on Monday."
"Lucky you! We will work together on Monday," says Susana.
"Sure! Hey, Luis, could you tell your friend Madi that I'm going to call her this afternoon?"
"Sure, that way I will have an excuse to talk to her, heh, heh."
"Luis likes his friend Madi," says Susana in a low voice. "But we don't know if Madi likes Luis."

Luis makes a sad face and everyone laughs. Luis likes Madi very much. Sometimes they hang out together, go to the movies, have a drink at a bar or go for tapas. He wants to tell her that he likes her, but he is afraid and does not confess. Luis thinks about her a lot.

Pepa says goodbye to her workmates.

"Bye. See you on Monday."
"Bye. Have a nice weekend."

Pepa also says goodbye to Rosa and leaves the office. Phew! Well, she's not nervous anymore, ha ha. She takes her jacket off. What a nice day! It's April but it feels like summer, it's half past eleven and it's warm. She sees a street thermometer, it is 25 degrees, not bad

CAPÍTULO 4. HASTA EL LUNES

Pepa sale del despacho, quiere despedirse de todos antes de marcharse. Va a la cafetería, pero no hay nadie, así que va a la redacción. Es una sala muy grande, mira por todas partes, pero no ve a ninguno de sus nuevos compañeros. Alguien la llama:

—Pepa, Pepa ¡estamos aquí! —Es Susana que mueve su mano.

—¡Ah! Vengo a deciros que me voy. Hoy puedo marcharme y empiezo a trabajar el lunes.

—¡Qué suerte! El lunes trabajamos juntas —dice Susana.

—Sí, ¡ah! Luis ¿puedes decir a tu amiga Madi que la llamo esta tarde?

—Claro, así tengo una excusa para hablar con ella, je, je.

—A Luis le gusta su amiga Madi —dice Susana en voz baja.
— Pero no sabemos si a Madi le gusta Luis.

Luis pone una cara triste y todos se ríen. A Luis le gusta mucho Madi. A veces salen juntos, van al cine, a tomar algo a un bar o van de tapas. Quiere decirle que le gusta, pero tiene miedo y no le dice nada. Luis piensa mucho en ella.

Pepa se despide de sus compañeros de trabajo.

—Hasta luego. Nos vemos el lunes.
—Chao. Buen fin de semana.

Pepa se despide también de Rosa y sale a la calle. ¡Uf! Bueno, ya no está nerviosa, ja, ja, ja. Se quita la chaqueta. ¡Qué día más bueno! Es abril, pero parece verano, son las once y media y hace calor. Ve un termómetro en la calle, estamos a 25 grados, no está mal.

At that moment she does not imagine that very soon she will meet a very famous actress and will help the police to solve a case.

En ese momento no se imagina que muy pronto va a conocer a una actriz muy famosa y va a ayudar a la policía a resolver un caso.

VOCABULARIO DEL CAPÍTULO 4

Del: es la preposición "**de**" más el artículo masculino "**el**". Otro artículo contracto de este tipo es "**al**", "**a**" + "**el**". Ej.: "salgo de **la** tienda", "salgo d**el** cine" y "voy a la tienda", "voy al cine".

Por todas partes: es una expresión que significa "en todos los lugares" (*everyhwere*).

En voz baja: se usa cuando te pueden oír las personas que están cerca Lo contrario es en "voz alta", cuando hablas de una manera fuerte.

Gustar: es un verbo un poco diferente, se usa con un pronombre: "**me** gusta(n)" (I like …). Ej.: "**me** gusta el cine", "**me** gustan los animales".

A veces: algunas veces.

Chao: es una palabra italiana. En español se usa para decir "adiós" de manera coloquial. En italiano se escribe "ciao" y se usa para decir "hola" y "adiós".

CHAPTER 5. LET'S WORK!

Pepa gets up early, she wants to be punctual, she takes a shower, and she gets dressed. She has toast and coffee with milk. She cannot eat anymore, she is nervous. She brushes her teeth and puts on a little make-up, she looks in the mirror "it's not bad, not bad", ready!   Let's work!

She arrives at the office and goes straight to Susana's desk; she is not there yet. She goes to the coffee room. Yes, everybody is there.

"Hi guys."

"Hello," says Susana, "shall we have coffee and start working? Then we will see a play, well, a rehearsal, at 12 o'clock. It is a play by Lucía de la Vega."

"Lucia de la Vega!" says Pepa. "Are we going to see a play by Lucía de la Vega, for free?"

"Well, it's a rehearsal but first we have to research the play and the actors to do the interview."

At that moment Luis arrives and asks Pepa:

"Hi Pepa, are you already living in Madi's house?"

"Not yet. I think I'll wait a bit to move."

"Oh! What a pity! You will not be able to tell me things about her."

"Oh, oh, no one could tell that he likes Madi, right?" says Susana sarcastically and laughs.

"Let's work!" says Luis.

CAPÍTULO 5. ¡A TRABAJAR!

Pepa se levanta temprano, quiere ser puntual, se ducha y se viste. Desayuna una tostada y un café con leche. No puede comer más, está nerviosa. Se lava los dientes y se maquilla un poco, se mira en el espejo "no está mal, nada mal", ¡lista! ¡a trabajar!

Llega a la oficina y va directamente a la mesa de Susana, no está ahí. Va a la cafetería. Sí, ahí están todos.

—Hola chicos.

—Hola —dice Susana. —¿Nos tomamos un café y empezamos a trabajar? Después vamos a ver una obra de teatro, bueno un ensayo de una obra, a las 12 h. Es una obra de Lucía de la Vega.

—¡Lucía de la Vega! —dice Pepa. — ¿Vamos a ver una obra de teatro de Lucía de la Vega, gratis?

—Bueno, es un ensayo, pero antes tenemos que saber más cosas sobre la obra y sobre los actores para hacer la entrevista.

En ese momento llega Luis y pregunta a Pepa:

—Hola Pepa, ¿ya estás viviendo en la casa de Madi?

—Todavía no. Creo que voy a esperar un poco para mudarme.

—¡Oh! ¡Qué pena! No vas a poder contarme cosas sobre ella.

—Vaya, vaya, no se nota nada que le gusta Madi ¿verdad? —dice Susana sarcásticamente y se ríe.

—¡A trabajar! —dice Luis.

Pepa and Susana turn on their computers and look for information about the play and its actors.

"Susana, we need a photo of Lucía de la Vega or of the play, can Laura come with us or can we take a picture from the file?"

"She has work to do this afternoon, we better look for a photo in an image bank. If we have to go another day, we will take Laura."

Pepa y Susana encienden sus ordenadores y buscan información sobre la obra de teatro y los actores que actúan en la obra.

—Susana, necesitamos una foto de Lucía de la Vega o de la obra, ¿puede venir Laura con nosotras o cogemos una foto de archivo?

—Tiene trabajo esta tarde, buscamos una foto en un banco de fotos. Si tenemos que ir otro día, llevamos a Laura.

LLega a la oficina y va directamente a la mesa de Susana, no está ahí. Va a la cafetería. Sí, ahí están todos.

She arrives at the office and goes straight to Susana's desk; she is not there yet. She goes to the coffee room. Yes, everybody is there.

VOCABULARIO DEL CAPÍTULO 5

Levantarse, ducharse, vestirse, lavarse, maquillarse: normalmente los verbos reflexivos se usan en el baño y el dormitorio.

Ahí: tenemos tres adverbios para las distancias: aquí (cerca de mí), ahí (cerca de ti), allí (lejos de ti y de mí).

Ensayo (el): los actores practican varias veces antes de actuar delante de personas, del público. Cada vez que practican es un ensayo.

12 h.: puedes escribir la hora con el número y una "h.", esta letra no se lee, también puedes escribir la hora 12:00 o 13:35.

Vaya, vaya: realmente aquí no se usa como el verbo IR, es una interjección. Cuando se repite "vaya, vaya" significa aproximadamente "sorpresa, sorpresa". En este capítulo es irónico, no es una sorpresa que a Luis le gusta Madi.

Encender (on) y apagar (off): se puede usar con todos los aparatos eléctricos (la luz, la tele, …) y el fuego (un cigarrillo, la chimenea …).

CHAPTER 6. WE GO TO THE THEATER

Pepa and Susana arrive at the *Español Theater*, at Santa Ana square. It is a very central theater, near Puerta del Sol. The two girls identify themselves, they say their names, the name of the agency and they are allowed to go in. The actors are on stage, the director and other people are sitting in the third row. They sit in the last row and wait for a break.

They repeat a scene many times. The girls get bored and talk about Madi and Luis. Suddenly, they hear a loud noise, bam! Susana and Pepa look at the stage, a big light, a spotlight is on the floor, next to an actress. The actress cannot talk and her eyes are wide open. She suddenly starts crying. Susana and Pepa stand up.

"What should we do?" Pepa asks.
"I don't know". Susana answers.
"Let's help."

The director and the people around try to calm down the girl, she is very young, Pepa does not know her, she is not famous.

"Come on, Diana, calm down." The director says.
"These things happen, Diana, please calm down," says an older lady.
"Can someone get her a glass of water? Please" asks the director of the play.

Diana cries and cries, she cannot drink, the water falls on the ground, she is very nervous.

CAPÍTULO 6. VAMOS AL TEATRO

Pepa y Susana llegan al Teatro Español, en la plaza de Santa Ana. Es un teatro muy céntrico, cerca de la Puerta del Sol. Las dos chicas se identifican, dicen su nombre, el nombre de la agencia y les permiten entrar. Los actores están en el escenario, el director y otras personas están sentadas en la tercera fila. Ellas se sientan en la última fila y esperan un descanso.

Repiten una escena muchas veces. Las chicas se aburren y hablan de Madi y Luis. De repente, se oye un ruido muy fuerte ¡plaf! Susana y Pepa miran al escenario, una luz grande, un foco, está en el suelo, al lado de una actriz. La actriz no puede hablar y tiene los ojos muy abiertos. De repente empieza a llorar. Susana y Pepa se ponen de pie.

—¿Qué hacemos? —pregunta Pepa.
—No sé —contesta Susana.
—Vamos a ayudar.

El director y las personas que están con él intentan tranquilizar a la chica, es muy joven, Pepa no la conoce, no es famosa.
—Vamos, Diana, tranquila -dice el director.
—Estas cosas pasan, Diana, por favor, calma- dice una señora mayor.
—¿Alguien puede traer un vaso de agua? Por favor - pide el director de la obra.

Diana llora y llora, no puede beber, el agua se cae al suelo, está muy nerviosa.

"Okay, it's clear that Diana cannot continue" says the director. "Diana, darling, why don't you go backstage, sit down for a while and then we'll talk?" He looks towards the other actors. "Okay, the rest of you guys, let's go to scene 12. Maria, replace Diana, please."

Pepa and Susana approach the girl and go with her to a room backstage. The girl sits down and drinks some water. They introduce themselves:

"Hi, we are Pepa Torres and Susana Martín, from the news agency Telepress." Susana says. "How are you?"

"Well, I feel calmer here." Susana says. "Thank you."

"We are writing an article about the play" Susana continues.

"We also have to interview Lucía de la Vega" says Pepa.

"I'm sorry, but I'm going home. I think I cannot rehearse anymore today, I'm very scared. Thanks for everything."

"If you want, we can go with you, we can see the play another day" proposes Pepa.

"No problem," says Susana "anyway, I think Lucia de la Vega is not here today, so we're going to come back another day."

"Yes, today she is not here, I do not know why" Diana answers. Diana seems unable to think clearly.

"Maybe she is sick" Pepa thinks.

"Yes, maybe" Diana answers.

"We can have a drink in a coffee shop," Pepa suggests "so we can talk far from the theater."

"Okay, the truth is that I want to tell you something and I prefer not to do it here."

—Vale, está claro que Diana no puede continuar —dice el director. —Diana, cariño ¿por qué no vas a la parte de atrás, te sientas un rato y luego hablamos? —Mira hacia los otros actores. —Muy bien, los demás, vamos a la escena 12. María, sustituye a Diana, por favor.

—Pepa y Susana se acercan a la chica y van con ella a una habitación en la parte de atrás del escenario. La chica se sienta y bebe agua. Se presentan:

—Hola, somos Pepa Torres y Susana Martín, de la Agencia de noticias Telepress —dice Susana—. ¿Qué tal estás?
—Bien, aquí estoy más tranquila. Gracias.
—Estamos escribiendo un artículo sobre la obra de teatro —continúa Susana.
—También tenemos que hacer una entrevista a Lucía de la Vega —dice Pepa.
—Lo siento, pero me voy a casa. Creo que no puedo ensayar hoy, estoy muy asustada. Gracias por todo.
—Si quieres vamos contigo, podemos ver la obra otro día — propone Pepa.
—No hay problema, —dice Susana —De todas formas, creo que Lucía de la Vega no está hoy, así que vamos a volver aquí otro día.
—Sí, hoy no está, no sé por qué —responde Diana. Diana parece que no puede pensar con claridad.
—A lo mejor está enferma —opina Pepa.
—Sí, puede ser —contesta Diana.
—Podemos tomar algo en una cafetería —sugiere Pepa—. Y hablamos lejos del teatro.
—De acuerdo, la verdad es que os quiero contar algo y prefiero no hacerlo aquí.

VOCABULARIO DEL CAPÍTULO 6

Escenario (el): el lugar donde están los actores cuando se representa la obra de teatro.

Fila (la): cada línea de sillas. Las sillas en el teatro y en el cine se llaman butacas. Si compras una entrada para el cine o el teatro aparecen dos números F: 8 (fila 8) y B: 2 (butaca 2).

Descanso (el): una pausa durante las obras de teatro.

Aburrirse: lo contrario es "divertirse".

De repente: si ocurre algo que no esperamos, inesperadamente, súbitamente, rápido, ocurre "de repente", súbitamente.

Ponerse de pie: si estás en una silla o en la cama y te levantas.

Ir a pie: ir andando a un lugar.

Vale: de acuerdo, estoy de acuerdo, o.k.

Cariño: una palabra de "amor", similar a "querido/a" un marido se lo dice a su mujer o la mujer al marido.

Luego: después, más tarde.

Los demás: las otras personas.

Escena (la): una parte pequeña de una obra de teatro o película.

Si: condición (if). **Sí**: afirmación (yes). La diferencia es una tilde (´) o la entonación.

Tomar algo: tomar un café, tomar una tortilla, tomar una pastilla.

Estar asustado/a: tener miedo.

A lo mejor: quizá(s), probablemente, puede ser, es posible. Si la palabra "mejor" está sola, significa "más bueno o más bien" (better).

CHAPTER 7. DIANA

The girls go to the Café Comercial, in Glorieta de Bilbao (traffic roundabout in a neighborhood called Bilbao), it's an old literary café, very famous in Madrid, it's big, it has many tables and it's almost empty. The girls lean on the bar.

"Hello, good afternoon, can I have a coffee, please?" Diana asks.

"I would like a small glass of beer and a piece of Spanish omelette. I am very hungry." Pepa asks.

"A coke for me, please. And another piece of Spanish omelette." Susana says.

The bartender puts everything on the bar.

"Here you are."
"Shall we sit at a table?" Pepa asks. "Much better, isn't it?"

The girls sit at one of the tables and have their drinks. The waiter brings a snack to the table.

"Thank you" Diana says.
"You're welcome," the bartender answers.

The waiter returns to the bar to serve other customers.

"Well, Diana, are you feeling better? calmer?" Susana asks.

"Yes, I am fine. Well, no, I'm not fine, I'm scared. Very strange things are happening since I've been in Madrid."

"A spotlight can fall by chance, these things happen," says Pepa to reassure Diana.

"Yes, sure" Diana answers thoughtfully and worriedly.

CAPÍTULO 7. DIANA

Las chicas van al Café Comercial, en la Glorieta de Bilbao, es un antiguo café literario muy famoso en Madrid, es grande, tiene muchas mesas y está casi vacío. Las chicas van a la barra.

—Hola, buenas tardes. ¿Me pone un café? Por favor —pide Diana.

—Yo voy a tomar una caña y un pincho de tortilla. Tengo mucha hambre —pide Pepa.

—Yo, una Coca-Cola, por favor. Y otro pincho de tortilla —dice Susana.

El camarero pone todo en la barra del bar.

—Aquí tienen ustedes.

—¿Nos sentamos en una mesa? —pregunta Pepa—. Mucho mejor ¿no?

Las chicas van a una de las mesas y toman sus bebidas. El camarero lleva un aperitivo a la mesa.

—Gracias —dice Diana.

—De nada —contesta el camarero.

El camarero vuelve a la barra para atender a otros clientes.

—Bueno, Diana ¿estás mejor? ¿más tranquila? —pregunta Susana.

—Sí, estoy bien. Bueno, no, no estoy bien, tengo miedo. Están ocurriendo cosas muy extrañas desde que estoy en Madrid.

—Un foco puede caer por casualidad, esas cosas pasan —dice Pepa para tranquilizar a Diana.

—Sí, claro —responde Diana pensativa y preocupada.

"Are you not from Madrid? Where are you from?" asks Susana to change the subject.

"I'm from Salamanca. I have been in Madrid for a month for the rehearsals of the play."

"What strange things are happening?" Pepa asks and drinks a bit of her coke.

"Since I came to Madrid, it is the third time that a spotlight has fallen near me, and (I was robbed) a robbery in the street. I have a very strange feeling."

"Wow! But that's not a coincidence" say the two girls.

Immediately Susana takes out a notebook to take some notes and Pepa looks for the app to record on her mobile. The two journalists think there is something to tell.

"The first thing you have to do is talk to the police" says Susana.

"Who, do you think, would do this?" asks Pepa.

"I do not know, I moved here last month, I hardly know anyone."

"You know the people in the play" Pepa says.

"I do not have much experience as an actress and it's the first time I have worked in Madrid. So, I have only met the actors in this play, the casting director, the producer and the director of the play. My roommates are actresses in the play."

"And do you have a problem with anyone? With any of the actors? Professional jealousy?" Pepa asks.

"I have three sentences in the play. That can answer your question. Nobody would want my role."

Pepa and Susana ask a lot of questions and Diana talks about all of her coworkers, nothing seems strange, but they are not detectives.

—¿No eres de Madrid? ¿De dónde eres? —pregunta Susana para cambiar de tema.

—Soy de Salamanca. Estoy en Madrid hace un mes para los ensayos de la obra.

—¿Qué cosas extrañas están pasando? —pregunta Pepa y bebe un poco de su Coca-Cola.

—Desde que estoy en Madrid, es la tercera vez que un foco cae cerca de mí y un robo por la calle. Tengo una sensación muy extraña.

—¡Hala! Pero eso no es una casualidad —dicen las dos chicas.

Inmediatamente Susana saca un cuaderno para tomar notas y Pepa busca la aplicación para grabar en el móvil. Las dos periodistas piensan que hay noticia.

—Lo primero que tienes que hacer es hablar con la policía —dice Susana.

—¿Quién crees que puede hacer esto? —pregunta Pepa.

—No lo sé, hace un mes que estoy aquí, casi no conozco a nadie.

—Conoces a las personas de la obra de teatro —dice Pepa.

—No tengo mucha experiencia como actriz y es la primera vez que trabajo en Madrid. Así que solo conozco a los actores de esta obra de teatro, al director de casting, al productor y al director de la obra. Mis compañeras de piso son actrices de la obra.

—Y ¿tienes problemas con alguien? ¿Con alguno de los actores? ¿Celos profesionales? —pregunta Pepa.

—Tengo tres frases en la obra. Eso puede contestar a tu pregunta. Nadie puede querer mi papel.

Pepa y Susana hacen muchas preguntas y Diana habla de todos sus compañeros, nada parece extraño, pero ellas no son policías.

They leave the café to go to Diana's house, they talk, they laugh while taking a walk. Diana indicates the way to her house, they turn to the right and while they are crossing the street, a car passes by at high speed without stopping at the crosswalk. They are very scared. The three girls look at each other.

"My god!"

"But what kind of crazy ..."

"I think I'm going back to Salamanca. This is too much for me."

Salen de la cafetería, van a casa de Diana, hablan, se ríen y caminan tranquilamente por la calle. Diana indica el camino a su casa, tuercen a la derecha y cuando cruzan la calle, un coche pasa a gran velocidad sin respetar el paso de cebra. Se asustan mucho. Las tres se miran.

—¡Madre mía!
—Pero qué clase de loco …
—Yo creo que voy a volver a Salamanca. Esto es demasiado para mí.

VOCABULARIO DEL CAPÍTULO 7

¿Me pone un café, por favor?: ¿Me pone (usted)…? Es una expresión que podemos usar para pedir en un bar o en una tienda de comida, es equivalente a "Can I have …?". Se refiere a "usted", así que es una expresión educada (polite) y formal.

Un pincho de tortilla: una porción de tortilla de patatas, aproximadamente un cuarto de la tortilla. La palabra "pincho" solo se usa en un bar, no se usa en casa.

Están pasando: verbo "pasar", es sinónimo de ocurrir, suceder, tener lugar. El sujeto en esta frase es "las cosas extrañas".

¡Hala!: expresión de sorpresa, puede ser una sorpresa buena o mala.

Conoces **a** las personas y no conozco **a** nadie: "**a**" personal.

Celos (los): tener celos o sentir celos. Por ejemplo, es el sentimiento que tiene una persona si piensa que su esposo/a está enamorado de otra persona. "Celos profesionales" es envidia profesional.

Paso de cebra (el): El lugar con líneas blancas en el suelo si quieres pasar al otro lado de la calle. Los coches se paran y puedes pasar.

¡Madre mía!: expresión similar a ¡Dios mío!

Las chicas van al Café Comercial, en la Glorieta de Bilbao, es un antiguo café literario muy famoso en Madrid.

The girls go to the Café Comercial, in Glorieta de Bilbao (traffic roundabout in a neighborhood called Bilbao). It's an old literary café, very famous in Madrid.

CHAPTER 8. MYSTERY IN BROKEN MOON

Next day, Pepa goes to work, goes straight to the coffee room. Teresa is there.

"Hello, good morning."

"Hi. How was your first day at work? Something interesting in the theater?"

Pepa starts relating the events of the previous day, but Teresa thinks it is better to talk in her office. Susana and Pepa tell her the whole story, they think they can write a good article. Teresa decides who does the job:

"Pepa, you are going to write the article. Do you have any ideas for the title?"

"What do you think "Mystery in Broken Moon"? Pepa suggests -*Mystery in the theater*? Better: *Mystery in Lucia de la Vega's play*, Lucia's name may sell the news and the newspapers.

"Well ... write the article and then we will decide. Susana, can you call the actress who is having the problems and ask her what she is going to do, if she is going to call the police or if she is going to leave."

Susana and Pepa take note of everything Teresa says.

"I guess you are going to do the interview with Lucia in a few days, that day you will go with Laura. I want photos of everything, we need recent photos of Lucia, some of Diana and of the play. That way, Laura does not have to go several days."

"We will let Laura know the day of the interview with Lucia" says Susana.

"All right."

CAPÍTULO 8. MISTERIO EN LUNA ROTA

Al día siguiente, Pepa va al trabajo, va directamente a la cafetería. Allí está Teresa.

—Hola, buenos días.
—Hola. ¿Qué tal tu primer día de trabajo? ¿algo interesante en el teatro?

Pepa empieza a contar los sucesos del día anterior, pero Teresa piensa que es mejor hablar en su despacho. Susana y Pepa cuentan toda la historia, creen que pueden escribir un buen artículo. Teresa decide quién hace el trabajo:

—Pepa, vas a escribir el artículo ¿Tienes alguna idea para el título?
—¿Qué te parece "Misterio en Luna Rota"? —sugiere Pepa— ¿*Misterio en el teatro*? Mejor: *Misterio en la obra de Lucía de la Vega*, el nombre de Lucía vende la noticia y los periódicos.
—Bueno .... escribe el artículo y luego decidimos. Susana, ¿puedes llamar a la actriz que tiene los problemas y preguntar qué va a hacer, si va a llamar a la policía o si va a marcharse a Salamanca.
—Susana y Pepa toman nota de todo lo que dice Teresa.
—Supongo que vais a hacer una entrevista a Lucía dentro de unos días, ese día vais con Laura. Quiero fotos de todo, necesitamos fotos recientes de Lucía, algunas de Diana y de la obra. Así, Laura no tiene que ir varios días.
—Nosotras avisamos a Laura el día de la entrevista con Lucía —dice Susana.
—Perfecto.

Pepa and Susana go to their tables and start working. If Pepa finishes the article today, it can be published tomorrow or the day after tomorrow.

Pepa y Susana van a sus mesas y empiezan a trabajar. Si Pepa termina hoy el artículo, puede publicarse mañana o pasado mañana.

Carmen Madrid

VOCABULARIO DEL CAPÍTULO 8

Despacho (el): una oficina para una sola persona, normalmente un director. También puede ser la habitación para trabajar en una casa.

Pasado mañana: es el día después de "mañana". Si hoy es lunes, mañana es martes y pasado mañana es miércoles. Para el jueves, tenemos que decir "dentro de 3 días" (in 3 days).

CHAPTER 9. FREE PUBLICITY

Days later, the article about the play is published. Pepa is very happy with the article, her boss is as well. That day in the afternoon they will go to the theater again, they will talk to Diana and if it is possible, they will do an interview with Lucía de la Vega.

"What time does the rehearsal start this afternoon?" Pepa asks.

"Diana says it starts at 5 o'clock. And that Lucia de la Vega has to rehearse today too."

"What do you think if we eat at home and see each other at the theater door at five p.m.?"

"Perfect. Let's talk to Laura, we need the photos."

The girls go to work at their tables.

"What a terrible coffee! Yikes! Who makes the coffee in this office?" They hear Luis say.

In the afternoon, the journalists arrive at the door of the theater. Just like other days, they say their names and they are allowed to go in. There is still no one there, so they wait. It is soon. The first one arrives at five o'clock. He gets very happy when he sees them:

CAPÍTULO 9. PUBLICIDAD GRATUITA

Días después, se publica el artículo sobre la obra de teatro. Pepa está muy contenta con el artículo y su jefa también. Hoy por la tarde van a ir al teatro otra vez, van a hablar con Diana y si pueden van a hacer una entrevista a Lucía de la Vega.

—¿A qué hora empieza el ensayo esta tarde? —pregunta Pepa.
—Diana dice que empieza a las 5 h. y que Lucía de la Vega tiene que ensayar hoy también.
—¿Qué te parece si comemos en casa y nos vemos en la puerta del teatro a las cinco de la tarde?
—Perfecto. Vamos a avisar a Laura, necesitamos las fotos.

Las chicas van a trabajar a su mesa.

—¡Qué café tan malo! ¡Puaj! Pero ¿quién prepara el café en esta oficina? —oyen decir a Luis.

Por la tarde, las periodistas llegan a la puerta del teatro. Igual que otros días, dicen su nombre y les permiten entrar. No hay nadie, así que esperan. Es pronto. El primero llega a las cinco en punto. Se pone muy contento cuando las ve:

"Hello girls, are you the ones who wrote the article about the play?

"Yes. Actually, Pepa is the author" Susana says.

"Well, congratulations Pepa, it is very good. Thank you very much for writing it."

"Thank you."

"I'm sorry for Diana, of course. I want to say that it is a good article and good to sell tickets for the play" the man tries to explain himself. "I think that thanks to this article many people will come to see the play."

"Sure, free publicity, says Pepa. Today we have to take some photos. Is there any problem?"

"No problem. More photos, more publicity."

Susana introduces Laura.

"This is Laura, the agency photographer."

"Nice to meet you, Laura."

"Nice to meet you" Laura replys.

"I have to go in, see you inside. Bye." the man says.

—Hola chicas ¿vosotras sois las del artículo sobre la obra de teatro?

—Sí. En realidad, Pepa es la autora del artículo —dice Susana.

—Pues, felicidades Pepa, muy bueno. Muchas gracias por escribirlo.

—Gracias.

—Lo siento por Diana, claro. Quiero decir que es un buen artículo y bueno para vender entradas de la obra —intenta explicar el hombre—. Creo que con este artículo mucha gente va a venir a ver la obra.

—Claro, publicidad gratis —dice Pepa—. Hoy tenemos que hacer algunas fotos ¿hay algún problema?

—Ningún problema. Más fotos, más publicidad.

Susana presenta a Laura:

—Esta es Laura, la fotógrafa de la agencia.

—Encantado, Laura.

—Encantada —responde Laura.

—Tengo que entrar, nos vemos dentro. Hasta luego —se despide el hombre.

VOCABULARIO DEL CAPÍTULO 9

Jefe (el) o jefa (la): es el director de una empresa o compañía, también puede ser un jefe directo La persona que te dice las cosas que tienes que hacer en el trabajo.

¿Qué te parece si …?: Pregunta para invitar o proponer una actividad preguntando si le parece bien.

¡Puaj!: interjección, expresión de asco, cuando algo no te gusta nada. No es muy educado.

Gratis, gratuito/a: no tienes que pagar dinero por ello.

Entrada (la): una cosa que pagas para entrar en un espectáculo (cine, teatro, estadio de fútbol…).

Despedirse: decir adiós.

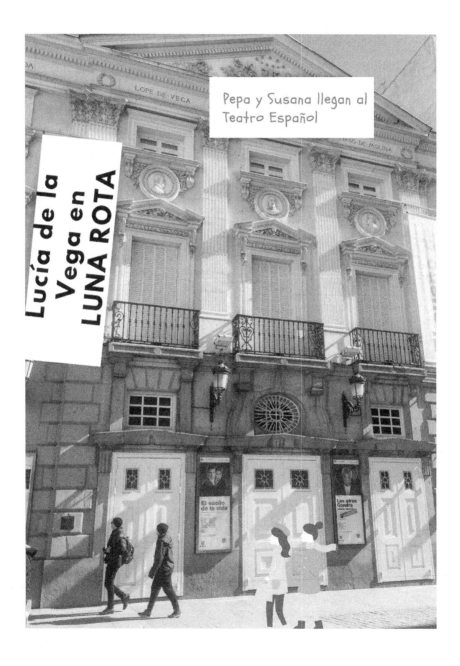

Pepa y Susana llegan al Teatro Español

Lucía de la Vega en LUNA ROTA

CHAPTER 10. DIANA TALKS TO THE POLICE

At that moment the actors arrive, as well as Diana. They say hello and go to the back of the stage. Some actors begin to rehearse, they have to wait for a break to talk to Diana or Lucia.

"Diana is not on stage. Shall we go to the back and talk to her?" says Pepa.

"Great idea! Maybe she does not have to rehearse for a while and we can talk ..."

"And we can take the pictures that we need, I cannot come with you every day "says Laura.

Sure enough, Diana is there, she's reading the script with another actress. Diana sees them and says hello to them:

"Hi girls, how are you?

"Hello. We have come to talk with you. Oh, you're busy "Pepa realizes there's another person in the dressing room.

"This is Marisa, another actress in the play" says Diana and points to the girl who is with her "and these are two friends of mine who are journalists, Susana and Pepa."

Susana also presents Laura, the photographer. All of them greet each other with two kisses on the cheek.

"We do not want to interrupt; we will come back later" says Susana.

CAPÍTULO 10. DIANA HABLA CON LA POLICÍA

En ese momento llegan los actores, también Diana. Saludan y pasan a la parte de atrás del escenario. Algunos actores empiezan a ensayar, tienen que esperar a un descanso para hablar con Diana o con Lucía.

—Diana no está en el escenario ¿Vamos a la parte de atrás y hablamos con ella? —dice Pepa.

—¡Qué buena idea! A lo mejor no tiene que ensayar durante un rato y podemos hablar…

—Y podemos hacer las fotos que necesitamos, no puedo venir todos los días con vosotras —dice Laura.

Efectivamente, Diana está allí, está leyendo el guion con otra actriz. Diana las ve y las saluda:

—Hola chicas, ¿qué tal?

—Hola. Venimos a hablar contigo. Ah, estás ocupada—. Pepa se da cuenta de que hay otra persona en el camerino.

—Esta es Marisa, otra actriz de la obra —dice Diana y señala a la chica que está con ella— y estas son dos periodistas amigas mías, Susana y Pepa.

Susana presenta también a Laura, la fotógrafa. Todas ellas se saludan con dos besos.

—No queremos interrumpir, volvemos después —dice Susana.

Marisa picks up her papers, she seems to want to leave quickly, she is in a hurry or is nervous. She drops the papers and the girls look at her strangely.

"It does not matter; I'm leaving now and I will let you speak" Marisa opens the door.
"Wait" says Laura, "can I take some photos of you two?"
"Sure, no problem, but hurry up, please, I'm in a hurry" Marisa says.

Laura takes some pictures of Marisa and Diana. Then Marisa opens the door and leaves.

"I'm going to take some pictures, too." Laura says. "See you later."
"Okay, see you later, Laura."

Pepa and Susana ask about Marisa's role:

"Marisa and I have the text of Lucía de la Vega" explains Diana. "If she got sick, we know her part and we could replace her."
"Oh! Very good. Does not she have another small role?" Susana asks.
"No, she does not. She only knows the part of Lucia and my part."

Pepa and Susana look at Diana's dressing room, it's small, there are only two chairs, a mirror full of light bulbs and a table full of makeup. There are also many clothes everywhere. Susana and Pepa sit on the floor.

Marisa recoge sus papeles, parece que quiere marcharse rápidamente, tiene prisa o está nerviosa. Los papeles se caen y las chicas la miran extrañadas.

—No importa, yo me marcho ya y dejo que habléis—. Marisa abre la puerta.
—Espera —dice Laura— ¿puedo hacer unas fotos de las dos?
—Claro, no hay problema, pero rápido, por favor, tengo prisa —dice Marisa.

Laura hace fotos de Marisa y de Diana. Después, Marisa abre la puerta y sale.

—Yo también me voy a hacer algunas fotos —dice Laura—. Os veo luego.
De acuerdo, hasta luego, Laura.

Pepa y Susana preguntan por el papel de Marisa:

—Marisa y yo tenemos el texto de Lucía de la Vega —explica Diana. Si ella está enferma, sabemos el texto y podemos sustituirla.
—¡Ah! Muy bien. ¿no tiene otro papel pequeño? —pregunta Susana.
—No, ella no. Solamente sabe el papel de Lucía y el mío.

Pepa y Susana observan el camerino de Diana, es pequeño, solo hay dos sillas, un espejo lleno de bombillas y una mesa llena de maquillaje. También hay mucha ropa por todas partes. Susana y Pepa se sientan en el suelo.

"Excuse me, I'm curious. Do you know the man who talked to us at the theater entrance?" asks Susana.

"Yes, it is Adolfo, the director of the play."

"Oh, sure! Now I understand why he is so happy" Pepa says.

"Have you called the police?" Susana asks.

"Yes. They say that they are going to talk with some of the actors and actresses in the play and other casting people who are not in the play. I do not know many people, so it does not seem difficult."

"Anything else?" Pepa asks.

"Not for now."

At that moment they hear a lot of noise. Lucia de la Vega is in the theater. Pepa and Susana run to see her. What excitement! They are going to meet Lucía de la Vega and maybe they can do an interview.

—Perdona, tengo curiosidad ¿Sabes quién es el hombre que ha hablado con nosotras en la entrada del teatro? —pregunta Susana.

—Sí, es Adolfo, el director de la obra.

—¡Ah, claro! Ahora entiendo por qué está tan contento —dice Pepa.

—¿Has llamado a la policía? —pregunta Susana.

—Sí. Dicen que van a hablar con algunos actores y algunas actrices de la obra y otras personas del casting que no están en la obra. No conozco a mucha gente, así que no parece difícil.

—¿Nada más? —pregunta Pepa.

—Por ahora, nada más.

En ese momento se oye mucho ruido. Lucía de la Vega está en el teatro. Pepa y Susana corren para verla. ¡Qué emoción! Van a conocer a Lucía de la Vega y a lo mejor pueden hacer una entrevista.

VOCABULARIO DEL CAPÍTULO 10

Descanso (el): Una pausa, un momento sin trabajar.

A lo mejor: quizá(s), una hipótesis. Usas esta expresión, si no estás seguro.

Guion (el): el libro, los papeles, donde están escritos los diálogos que dicen los actores en una obra o en una película.

Saludar con dos besos: es muy común dar dos besos cuando te presentan a otra persona en una situación informal, especialmente entre chicas, no importa si no conoces a las otras personas.

Dejar: puede tener muchas acepciones, significados, en este contexto es "permitir".

Tener prisa: por ejemplo, cuando tienes que hacer algo importante o llegas tarde y quieres marcharte rápidamente.

Papel (el): el rol en una película. El personaje y el texto en una obra de teatro o película.

Bombilla (la): pequeñas luces, las lámparas tienen una bombilla.

Por ahora: hasta ahora, en este momento.

Verla: el verbo "ver" más el pronombre "la", es Objeto Directo o Acusativo. "Lo, la, los, las" puede referirse a cosas y a personas. En este caso, "la" se refiere a Lucía de la Vega.

A lo mejor: quizá(s), una hipótesis sobre algo que no sabes.

Me voy (IRSE), me marcho (MARCHARSE): dejar un lugar (leave a place), salir de un lugar. IR (to go).

CHAPTER 11. LUCÍA DE LA VEGA

Pepa and Susana sit in theater seats and Laura stands at the end of a row and takes pictures of the actors who are on stage. They are very happy because they are going to watch Lucia de la Vega perform. They start rehearsing, she is an incredible actress. They both look at each other, they really like Lucia and also the rest of the actors. Suddenly, Lucia de la Vega falls silent to the ground.

"My God! Another spotlight?" asks Susana.
"No, there is not any spotlight on the ground." Pepa answers.
"So, what is happening?"

They all go to the stage, they help Lucia to go to her dressing room, they leave her alone with her assistant. Laura does not stop taking pictures of everything that is happening. Five minutes later, the assistant comes out and reports that Lucia feels very tired:

"Hello everyone. Lucia feels perfectly, but she is tired. She has a problem with her knee, it hurts her a little."
"Excuse me, but may we go in? We have a meeting with her, we are from the Telepress agency," says Pepa.
"No, I'm sorry." Lucia's assistant replies.

Adolfo, the director of the play, little by little moves all the people who are there away and approaches the door:

"Please, could you ask Lucia? We have to promote the play. It is just a knee problem, right? She is able to speak."

The assistant goes in, asks the actress and comes out again.

CAPÍTULO 11. LUCÍA DE LA VEGA

Pepa y Susana se sientan en una butaca del teatro y Laura está en un extremo y hace fotos de los actores que están en el escenario. Están muy contentas porque van a ver actuar a Lucía de la Vega. Empiezan a ensayar, es una actriz increíble. Las dos se miran, les gusta mucho Lucía y también el resto de los actores. De repente, Lucía de la Vega, se calla y se cae al suelo.

—¡Dios mío! ¿Otro foco? —pregunta Susana.
—No, no hay ningún foco en el suelo —responde Pepa.
—Entonces, ¿qué pasa?

Todos van al escenario, ayudan a Lucía a ir a su camerino, la dejan sola con su ayudante. Laura no para de hacer fotos de todo lo que pasa. A los cinco minutos, la ayudante sale e informa de que Lucía está muy cansada:

—Hola a todos. Lucía está perfectamente, pero está cansada. Tiene un problema en la rodilla, le duele un poco.
—Perdone, pero ¿podemos entrar? Tenemos una reunión con ella, somos de la agencia Telepress —dice Pepa.
—No, lo siento —responde la ayudante de Lucía.

Adolfo, el director de la obra, aparta poco a poco a todas las personas que están allí y se acerca a la puerta:

—Por favor, ¿puede preguntar a Lucía? Tenemos que promocionar la obra de teatro. Solo tiene un problema en la rodilla ¿no? Puede hablar.

La ayudante entra, pregunta a la actriz y sale otra vez.

"Three or four questions, at the most." Lucia's assistant says.
"Thank you." Susana y Pepa answer.

Lucia is lying on a sofa; she is drinking a cup of tea. It seems that she is very tired. Pepa, Laura and Susana go into the dressing room of the actress. They ask about her career as an actress, about her beginnings in theater, about the future of theater in Spain and finally about this play. Lucia responds very kindly, she is not arrogant, nor haughty like other actresses, but she feels tired and wants to be left alone.

"One last question, Mrs. de la Vega" Pepa asks. "Are you going to leave this play?"
"No, why do you ask that?" Lucia laughs, "for my knee? I am perfectly fine."
"And what if it happens again?" Susana asks.
"If it happens again, there are two actresses who know all my part and can replace me at any time. You know, "the show must go on.""
"Mrs. de la Vega, what are the names of the substitutes?" Susana asks.
"This girl, what's her name? ... Diana and ... María or Marisa.
"And then, Diana's role, who would do it?" Pepa asks.
"Another substitute, there are at least three actors who can replace other actors in the play. They are not famous actors, but they are very good, they only need an opportunity, like everyone does when he is young."
"May I take some pictures?" asks Laura.

The actress looks like she's going to say no, but she sits down, smiles and Laura can take two or three pictures. Laura does not want to bother her too much.

"That is very kind. Thank you." Laura says.

—Tres o cuatro preguntas, como mucho —dice la ayudante de Lucía.

—Muchísimas gracias —responden Pepa y Susana.

Lucía está tumbada en un sofá, está bebiendo un té. Parece que está muy cansada. Pepa, Laura y Susana entran en el camerino de la actriz. Preguntan sobre su carrera de actriz, sobre sus inicios en el teatro, sobre el futuro del teatro en España y finalmente sobre esta obra de teatro. Lucía responde muy amablemente, no es arrogante, ni altiva como otras actrices, pero está cansada y quiere estar sola.

—Una última pregunta, señora de la Vega —pide Pepa. ¿Va a dejar esta obra?

—No, ¿por qué preguntas eso? —Lucía se ríe—. ¿Por mi rodilla? Estoy perfectamente.

—¿Y si ocurre otra vez? —pregunta Susana.

—Si pasa otro día, tengo dos actrices que saben todo mi texto y me pueden sustituir en cualquier momento. Ya sabes, "el espectáculo debe continuar".

—Señora de la Vega ¿cómo se llaman las actrices sustitutas? -pregunta Susana.

—Esta chica, ¿cómo se llama? … Diana y … María o Marisa.

—Y entonces, el papel de Diana ¿quién lo hace? —pregunta Pepa.

—Otra sustituta, hay tres actores, como mínimo, que pueden sustituir a otros actores de la obra. No son actrices conocidas, pero son muy buenas, solo necesitan una oportunidad, como todos cuando somos jóvenes.

—¿Puedo hacer unas fotos? -pregunta Laura.

La actriz parece que va a contestar que no, pero se sienta, sonríe y Laura puede hacerle dos o tres fotos. Laura no quiere molestar demasiado.

—Muy amable. Gracias —dice Laura.

VOCABULARIO DEL CAPÍTULO 11

Butaca (la): la silla de un teatro o de un cine.

El resto: los otros, los demás, las otras personas.

De repente: sin esperar, súbitamente.

Entonces: expresa una consecuencia. A veces se usa para empezar a hablar y no tiene mucho significado.

¿Qué pasa?: "pasar" es un verbo con muchas acepciones o traducciones, en este contexto es similar a ocurrir, suceder, tener lugar. Si llegas a un lugar y no sabes nada de lo que ocurre, haces esta pregunta a alguien.

Escenario (el): donde actúan los actores.

Sale e informa: si quieres usar "y" (sale y informa) pero la siguiente palabra empieza por "i-" (como "informa") o "hi-", tenemos que cambiar la "y" por una "e". Por ejemplo: España **e** **I**talia, geografía **e hi**storia.

Rodilla (la): una articulación en la mitad de la pierna.

Perdone: del verbo perdonar, perdone (usted), perdona (tú) y la palabra "perdón (el)" es el sustantivo, el nombre.

Está tumbada/o: la posición que tienes cuando estás en la cama o en la playa.

Altiva/o: arrogante, persona que piensa que es superior a las otras personas.

Dejar: tiene muchos significados. En este contexto es abandonar algo, marcharse de un lugar, salir de un lugar.

"El espectáculo debe continuar": una frase que dicen en el cine y el teatro. Queen tiene una canción que se titula así.

Como mínimo: por lo menos, número mínimo.

CHAPTER 12. A NORMAL DAY

Three days later, everyone is in the coffee room like every day. It looks like an informal meeting where people talk about personal stuff, laugh and occasionally they talk about the boss and the work as well.

Teresa Maldonado sometimes goes straight to her office and sometimes she goes to the coffee room with everyone and talks with the editors. Today she is in the coffee room, she is talking to Pepa because she is the new employee and wants to know if she likes the job or if she has any problems. She also asks Pepa and Susana about the work they are doing:

"Everything is fine, thanks" Pepa answers.

"It seems you have a lot of work in the theater, right?" Teresa is interested.

"Yes, Pepa can write more articles, says Susana. Besides, we already have enough photos.

"Very well, then go on with this story until the day of the premiere" says Teresa. "How is the investigation going? Do the police know anything else?"

"I'm going to call Diana in two hours, I do not want to wake her up. Theater people get up late" Pepa replies.

Teresa continues to ask the others, it's an informal meeting to know how the different stories are going.

"How are you, Luis?" Teresa asks.

"Well, I'm working on the story about the woman who is married to the Italian man, the woman who has her children in a secret place. Today I will speak with her lawyer" Luis replies.

"Okay, let me know when it is done" Teresa says.

"Teresa, I do not know if you know it, but this coffee is disgusting, it's terrible" Luis says.

"I know, I know" Teresa answers.

CAPÍTULO 12. UN DÍA NORMAL

Tres días más tarde, como todos los días, todos están en la cafetería de la oficina. Parece una reunión informal donde la gente charla de cosas personales, se ríe y de vez en cuando también hablan de la jefa y del trabajo.

Teresa Maldonado algunas veces va directamente a su despacho y otras veces va a la cafetería con todos y charla con los redactores. Hoy está en la cafetería, está hablando con Pepa porque es la nueva empleada y quiere saber si le gusta el trabajo o si tiene algún problema. También pregunta a Pepa y a Susana por el trabajo que están haciendo:

—Todo está bien, gracias —responde Pepa.

—Parece que tenéis bastante trabajo en el teatro ¿no? —se interesa Teresa.

—Sí, Pepa puede escribir varios artículos más —dice Susana—. Además, tenemos bastantes fotos.

—Muy bien, pues continuad con este tema hasta el día del estreno —pide Teresa. ¿Cómo va la investigación? ¿La policía sabe algo más?

—Dentro de dos horas voy a llamar a Diana, no quiero despertarla. La gente del teatro se levanta tarde —responde Pepa.

Teresa continúa preguntando a los demás, es como una reunión informal para saber cómo van los diferentes temas.

—¿Qué tal Luis? —pregunta Teresa.

—Bien, estoy con el tema de la mujer que está casada con el italiano, la mujer que tiene a los hijos en un lugar secreto. Hoy hablo con su abogada —responde Luis.

—Vale, después me cuentas —dice Teresa.

—No sé si lo sabes Teresa, pero este café es un asco, está malísimo —dice Luis.

—Ya, ya—contesta Teresa.

Carmen Madrid

VOCABULARIO DEL CAPÍTULO 12

Todos los días: "día" es una palabra masculina, aunque termina en "–a". Si hay un sustantivo, "todo/a/s" concuerda con el sustantivo. En este caso, el sustantivo es "días", es masculino plural y "todos" y "los" también son masculino plural.

Todos: si no aparece con un sustantivo significa "todas las personas".

Todo: si no aparece con un sustantivo significa "todas las cosas".

Charlar: hablar de cosas intrascendentes, poco importantes.

Redactores (los): periodistas que escriben los artículos.

Continuad: es un imperativo en la persona "vosotros", es un mandato de la jefa.

Investigación (la): el trabajo que hace la policía, los detectives o un científico cuando quiere saber más.

Dentro de + tiempo: expresión de tiempo para hablar del futuro.

Despertarla: verbo "despertar" + el pronombre "la".

Continúa preguntando: el verbo "continuar" o "seguir" va con gerundio (-ando, -iendo).

Ya, Ya: La palabra "ya" tiene muchos significados dependiendo del tiempo verbal que usas o del contexto, si se repite, etc. En este caso significa "lo sé".

CHAPTER 13. THE CALL

Two hours later, Pepa calls Diana to find out if the Police know anything else. It's noon but before calling, Pepa sends a WhatsApp to avoid waking up Diana. "can I call you?". She answers yes, so she is awake, she calls her cell phone:

"Hi, Pepa, how are you?"

"Hello Diana, am I bothering you? Can we speak now?"

"It's okay." Diana answers. "She does not seem very awake yet."

"Are you still having problems?"

"No, I am not."

"Do you know if the Police are doing something?"

"I think so, but I cannot tell."

"I understand, it's normal."

Pepa and Diana talk for a while about other things, at the end of the conversation Diana tells her that the police are going to put cameras in the theater.

"But please, this is a secret" Diana asks Pepa

"Sure, don't worry, we're not going to tell this."

CAPÍTULO 13. LA LLAMADA

Dos horas después Pepa llama a Diana para saber si la policía sabe algo más. Son las doce del mediodía, pero antes de llamar Pepa envía un WhatsApp para no despertar a Diana. "¿Te puedo llamar?". Contesta que sí, así que está despierta, la llama al móvil:

—Hola Pepa ¿qué tal?

—Hola Diana, ¿te molesto? ¿Podemos hablar ahora?

—Está bien —contesta Diana, no parece muy despierta todavía.

—¿Continúas teniendo problemas?

—No, ninguno.

—¿Sabes si la policía está haciendo algo?

—Creo que sí, pero no puedo contarlo.

—Lo entiendo, es normal.

Pepa y Diana hablan durante un rato de otras cosas, al final de la conversación Diana le cuenta que la policía va a poner cámaras en el teatro.

—Pero por favor, esto es un secreto —le pide Diana a Pepa.

—Claro, tranquila, no vamos a contar esto.

Carmen Madrid

VOCABULARIO DEL CAPÍTULO 13

Continúas teniendo: el verbo "continuar" o "seguir" va con gerundio (-ando, -iendo).

Contarlo: verbo "contar" más pronombre "lo".

Conversación (la): el diálogo.

CHAPTER 14. SUSANA'S FRIEND

The first thing Pepa wants to do today is talk to the police. Then, if she is allowed to tell the information, she will write an article.

When she arrives at the office, she tells Susana that the police are investigating and that she is going to call and check if they have more information and if they want to tell her. Susana gives her the phone number of a friend who is a police officer, an inspector.

"You know, you have to have friends even in hell" Susana says. "And I have my sources."

"Thank you very much."

"You're welcome. His name is Raúl, he is very nice, young, intelligent ... and handsome" Susana says.

"You know I'm going to talk to him about something professional, not for a date, right?"

Both laugh. Pepa goes to the coffee room for a coffee, she wants to be totally awake before calling the police officer, Susana's friend. Teresa and Luis are also there. Pepa says hello, prepares the coffee and goes to her desk. When she arrives, she hears Luis saying:

"This coffee cannot be drunk."

"Is he like this every morning?" Pepa asks.

"Exactly, we know precisely what time Luis arrives every single morning."

Both laugh.

CAPÍTULO 14. EL AMIGO DE SUSANA

Pepa lo primero que quiere hacer hoy es hablar con la policía. Después, si le permiten contar la información, va a escribir un artículo.

Cuando llega a la oficina, le dice a Susana que la policía está investigando y que ella va a llamar para comprobar si tienen más información y si se la quieren decir. Susana le da el teléfono de un amigo policía, un inspector.

—Ya sabes, hay que tener amigos hasta en el infierno —dice Susana. Y yo tengo mis fuentes.
—Muchas gracias.
—De nada. Se llama Raúl, es muy simpático, joven, inteligente … y guapo —dice Susana.
—¿Sabes que voy a hablar con él sobre algo profesional no para quedar con él? ¿verdad?

Las dos se ríen. Pepa va a la cafetería para tomar un café, quiere estar despierta totalmente antes de llamar al policía amigo de Susana. Teresa y Luis también están allí. Pepa saluda, se prepara el café y se marcha a su mesa. Cuando llega, oye decir a Luis:

—Este café no se puede beber.
—¿Esto es así todas las mañanas? —pregunta Pepa.
—Exacto, sabemos perfectamente a qué hora llega Luis todas las mañanas.

Ambas se ríen.

Pepa dials the phone and asks for Susana's friend. He tells her it's true, that they have cameras in the theater, but for now all the people recorded are people who work in the theater and who are identified, except for a boy with a slightly strange shirt. The police think it may be the shirt of a restaurant or a delivery boy but they still do not know.

"What is the shirt like?" Pepa asks.
"The shirt is white and black, checkered, like the Formula 1 flag, long-sleeve shirt. It has a black collar and a very large letter Z on the back."

He also tells her that they are interrogating some suspects, people related to Diana. And naturally, Pepa cannot tell anything for now.

Pepa marca el teléfono y pregunta por el amigo de Susana. Le dice que es verdad, que tienen cámaras en el teatro, pero por ahora todas las personas grabadas son personas que trabajan en el teatro y pueden identificarlas, excepto a un chico con una camisa un poco extraña. El policía piensa que puede ser la camisa de un restaurante o un repartidor, pero todavía no lo saben.

—¿Cómo es la camisa? —pregunta Pepa.
—La camisa es blanca y negra, de cuadros, como los cuadros de la bandera de Fórmula 1, de manga larga. Tiene el cuello color negro y una letra Z muy grande en la espalda.

También le cuenta que están preguntando a algunos sospechosos, personas relacionadas con Diana. Y naturalmente, Pepa no puede contar nada por ahora.

.

VOCABULARIO DEL CAPÍTULO 14

Hay que tener amigos hasta en el infierno: expresión, significa que es bueno tener amigos en todos los lugares y amigos de todos los tipos porque no sabes cuándo puedes necesitar ayuda de personas que no te imaginas.
Quedar con alguien: tener una cita de manera informal.

Grabadas: es un adjetivo y participio del verbo "grabar". Si tienes una cámara de cine, o una cámara en el móvil, grabas vídeo. También se puede grabar sonido.

Repartidor/a: una persona que trabaja llevando cosas de un lugar a otro. Por ejemplo, la persona que lleva una pizza a tu casa es un repartidor de pizzas.

Manga larga (la): es la parte de la camisa o el jersey que está en los brazos. Puede ser manga corta, manga larga o sin mangas.

Sospechoso/a/s: la persona que la policía piensa que posiblemente es el culpable de un delito.

Los dos /Las dos = ambos/ambas: dos cosas masculinas o dos hombres (los dos, ambos) y si son cosas o dos mujeres (las dos, ambas). Por ejemplo, "las dos chicas", "ambas chicas", "los dos hombres", "ambos hombres", "los dos coches, ambos coches". **Ambos/ambas** son palabras más formales que "**los dos, las dos**".

CHAPTER 15. TO HAVE HERE OR TO TAKE AWAY?

Pepa is in her room, she is reading all the information. She has all the papers on the bed, she prefers to read and study in her bed. Her sister Patricia knocks on the door of her room and asks if she wants to go for a walk and have a drink. Pepa thinks about it a bit and decides to leave.

"Yes, I need some fresh air. Are you hungry?" Pepa asks.

"Very hungry."

"I can pay," Pepa proposes "but, I do not have much money, so choose a cheap place.

"Right here there is a new place that is not bad" Patricia suggests.

"OK, perfect."

Pepa and Patricia talk about work as they walk. They arrive at the restaurant, it is full, they sit at the last free table, next to the toilet. They look at the menu before ordering at the bar. While they look at the menu, they talk:

"So, is everything fine at the agency? Workmates, the boss, the job?" Patricia asks.

"Yes, they are all very nice. I work with a girl named Susana; she helps me a lot."

"Is there a handsome boy?"

"How silly you are! And how old fashioned!" Pepa gets angry.

"Ok. And how is «the case of the falling spotlights»?" asks Patricia in a tone of mystery.

CAPÍTULO 15. ¿PARA TOMAR O PARA LLEVAR?

Pepa está en su habitación, está leyendo toda la información. Tiene todos los papeles encima de la cama, prefiere leer y estudiar en la cama. Su hermana Patricia llama a la puerta de su habitación y le pregunta si quiere salir a dar una vuelta y a tomar algo. Pepa lo piensa un poco y decide salir.

—Sí, necesito un poco de aire. ¿Tienes hambre? —pregunta Pepa.
—Muchísima.
—Te invito, —propone Pepa— pero no tengo mucho dinero, así que elige un sitio barato.
—Aquí mismo hay un sitio nuevo que no está mal —sugiere Patricia.
—Vale, perfecto.

Pepa y Patricia hablan del trabajo mientras caminan. Llegan al restaurante, está lleno, se sientan en la única mesa libre, al lado de los lavabos. Miran la carta antes de pedir en la barra. Mientras miran la carta, hablan:

—Entonces, ¿todo bien en la agencia? ¿con los compañeros, la jefa, el trabajo? —pregunta Patricia.
—Sí, todos son muy agradables. Trabajo con una chica que se llama Susana, ella me ayuda mucho.
—¿Hay algún chico guapo?
—¡Qué tonta eres! ¡Y qué antigua! —Se enfada Pepa.
—Vale. ¿Y qué tal va "el caso de los focos que se caen"? —pregunta Patricia con voz de misterio.

"Well, there is nothing new or, really, there are new things but I cannot tell them in an article."

"Wow, that's bad! Well, what are you going to take?" asks Pepa as she stands up.

"A hamburger and a Coca-Cola zero for me, I have to lose weight."

"The hamburger is perfect for weight loss. I'll be right back."

Pepa stands up, she orders their food and drink.

"To have here or to take away?" The waitress shows her a paper bag.

Pepa stares at the waitress and it takes a while to respond:

"To take away. How much is it?"
"Fifteen euros and forty cents, please."
"Thanks," Pepa says absently.

The waitress puts everything in two paper bags, the bag has black and white squares like the Formula 1 flag, just like her shirt. Pepa returns to the table while looking at all the waiters, talking to herself:

"I cannot believe it!" Pepa walks and talks to herself. "Black and white shirt, checkered, as the flag of Formula 1, long sleeves, black collar and a very large letter Z on the back."

"Excuse me? What are you saying?" Patricia asks. "I cannot understand you. Are we going home? But ..."

—Pues, no hay nada nuevo o, en realidad, hay cosas nuevas, pero no puedo contarlas en un artículo.

—¡Vaya! ¡Qué mal! Bueno, ¿qué vas a tomar? - pregunta Pepa mientras se levanta de la silla.

—Yo, una hamburguesa y una Coca-Cola Zero, que tengo que adelgazar.

—La hamburguesa es perfecta para adelgazar. Ahora vuelvo.

Pepa se levanta, pide la comida y la bebida.

—¿Para llevar o para tomar? —La camarera le enseña una bolsa de papel.

—Pepa mira fijamente a la camarera y tarda un tiempo en responder.

—Para llevar. ¿Cuánto es?

—Quince con cuarenta, por favor.

—Gracias —dice Pepa distraída.

La camarera pone todo en dos bolsas de papel, la bolsa tiene cuadros blancos y negros como los cuadros de la Fórmula 1, igual que su camisa. Pepa regresa a la mesa mientras mira a todos los camareros, va hablando sola:

—¡No me lo puedo creer! —Pepa camina y habla para sí misma—. Camisa blanca y negra, de cuadros, como los cuadros de la bandera de Fórmula 1, de manga larga, cuello color negro y una letra Z muy grande en la espalda.

—¿Cómo? ¿Qué dices? —pregunta Patricia—. No te entiendo. ¿Nos vamos a casa? Pero ...

VOCABULARIO DEL CAPÍTULO 15

Dar una vuelta: dar un paseo, caminar por la calle tranquilamente sin hacer nada especial.

Tomar algo: ir a un bar o una cafetería y tomar una cerveza, una Coca-Cola, un café …

Los lavabos: los baños, los servicios, los aseos, W.C., … Si está en plural son baños públicos, uno para señores y otro para señoras.

Sitio (el): lugar indeterminado, en este contexto un bar, un restaurante, cafetería …

Aquí mismo: "mismo" intensifica, muy cerca.

Entonces: al principio de la frase, especialmente si es una respuesta, es una palabra para pensar, para empezar a hablar. Hay una relación con algo que se ha dicho antes.

Tonto/a: estúpido/a. En España usamos más "tonto/a".

Pues: similar a "entonces" o "bueno". Al principio de la frase, especialmente si es una respuesta, es una palabra para pensar, para empezar a hablar.

Contarlas: verbo "contar" y el pronombre "las".

¡Vaya!: Puede significar muchas cosas, en este contexto expresión de malestar, disgusto, lamento.

Adelgazar: el proceso de estar más delgado. Si no comes, adelgazas.

Para llevar o para tomar: se dice en los sitios donde venden comida rápida. Puedes comer en el bar o restaurante "para tomar (aquí, en el restaurante)" y si prefieres llevar la comida a tu casa "para llevar (a tu casa)".

¿Cuánto es?: la pregunta que haces si quieres pagar en una tienda o en un bar. En el restaurante "la cuenta, por favor".

Quince con cuarenta: 15, 40€ (quince euros **con** cuarenta céntimos). El signo ",", se llama "coma" pero cuando hablamos de dinero usamos "con" habitualmente.

Distraído/a: una persona que está pensando en otra cosa, está distraído o distraída.

¿Cómo?: si no comprendes a una persona, puedes decir: ¿perdón? (muy educado), ¿cómo? (educado), ¿qué? (menos educado).

CHAPTER 16. ZAMPANDO

Pepa returns home and the first thing she does is call Raul, Susana's police friend, but he does not pick up the phone. She tries to call 5 minutes later, but now it is engaged, that's bad! Maybe it's a little bit late, it's 9 o'clock. But she's nervous, she wants to tell him. She calls again, this time Raul answers the phone. She apologizes for the hour and she tells him that the checkered shirt is from a new chain of fast food restaurants called Zampando. Raúl thanks her for the information. Pepa asks for news:

"Is there any news?"

"We are still interrogating the suspects." Raúl seems to be busy. "I'll let you know if there's anything new."

"Thanks Raul. And sorry for calling so late."

"Thank you for the information. I think it can be quite useful."

Pepa hangs up the phone and goes to her sister's room. She knocks on the door.

"Come in, come in" Patricia says.

"Sorry for the rush in the restaurant. It is a work matter. Tomorrow I will invite you again," Pepa promises "okay?"

"Do not worry, it's not necessary."

"Well, if everything is solved, I will invite you to celebrate."

"Ok then. We'll go for tapas or drinks."

"Ha ha, any excuse is good, huh?"

"Sure."

CAPÍTULO 16. ZAMPANDO

Pepa regresa a casa y lo primero que hace es llamar a Raúl, el amigo policía de Susana, pero él no contesta. Intenta llamar 5 minutos después, pero ahora comunica, ¡vaya! A lo mejor es un poco tarde, son las 9. Pero está nerviosa, quiere contárselo. Llama otra vez, esta vez Raúl contesta al teléfono. Le pide perdón por la hora y le cuenta que la camisa de cuadros es de una nueva cadena de restaurantes de comida rápida que se llama Zampando. Raúl le agradece la información. Pepa le pregunta por nuevas noticias:

—¿Hay novedades?
—Continuamos con los interrogatorios a los sospechosos—. Raúl parece estar ocupado—. Te llamo si hay algo nuevo.
—Gracias, Raúl. Y perdona por llamar tan tarde.
—Gracias a ti por la información. Creo que puede ser bastante útil.

Pepa cuelga el teléfono y va a la habitación de su hermana. Llama a la puerta.

—Pasa, pasa —dice Patricia.
—Perdona por las prisas en el restaurante. Es un tema de trabajo. Mañana te invito otra vez —. Promete Pepa. - ¿vale?
—No te preocupes, no es necesario.
—Bueno, pues, si todo se soluciona, te invito para celebrarlo.
—Vale, eso sí. Nos vamos de tapas o de copas.
—Ja, ja, ja, cualquier excusa es buena ¿eh?
—Claro.

111

VOCABULARIO DEL CAPÍTULO 16

Zampando: del verbo zampar, es coloquial, significa comer mucho.

Comunica: el teléfono comunica, significa que el teléfono ya tiene una comunicación. La persona a la que llamas está hablando con otra. Suena más o menos tu-tu, tu-tu.

¡Vaya!: Puede significar muchas cosas, en este contexto expresión de fastidio, molestia.

Contárselo: verbo "contar" más dos pronombres "**se**", se refiere a Raúl, y "**lo**", se refiere a las cosas que quiere contar.

Agradecer: decir "gracias", sentir agradecimiento. Ej.: "Te agradezco tu visita".

Prisas (las): cuando no tienes tiempo o haces las cosas demasiado rápido. "Tener prisa" es una expresión muy habitual.

No te preocupes: Imperativo negativo, significa "tranquilo, no hay problema".

Celebrarlo: verbo "celebrar" (hacer fiesta, festejar) y el pronombre "lo".

Vamos de tapas: ir de tapas, estar de tapas. Hay muchas expresiones con los verbos "ir" o "estar" y la preposición "de", "ir de compras", etc.

Cualquier excusa es buena: expresión que significa que no es necesario un pretexto para divertirse.

CHAPTER 17. THE END OF THE SHOW.

Pepa and Susana are in the coffee room like every morning, they are having coffee with cookies, talking about Luis and Madi.

Today they are having a meeting to see how the different stories are going. Teresa is giving the instructions. Pepa and Susana have to return to the theater, soon it will be the premiere of the play.

"It's ok. But should I continue with the story about the missing girl?" asks Susana.

"You can continue with that matter tomorrow. Today, you are going to the theater with Pepa" Teresa decides.

The two girls leave the agency and go to the theater. In the theater, they already know them, so they do not ask them for documentation, they feel important. It is early, the actors are not there yet, only Adolfo, the director of the play, who gets very happy when he sees them:

"What a surprise! Are you going to write another article?" Adolfo asks.

"It depends" Susana answers. "If something new happens ..."

"Great! Surely. You have to wait a bit; the actors are not here yet."

The girls sit down in theater seats and look at each other surprised. Today there are more people in the audience, they are sitting in the seats at the end of the rows.

CAPÍTULO 17. FIN DE LA FUNCIÓN

Pepa y Susana están en la cafetería de la oficina como todas las mañanas, toman un café con galletas, charlan de Luis y Madi.

Hoy tienen una reunión para ver cómo van los diferentes temas. Teresa da las instrucciones. Pepa y Susana tienen que volver al teatro, pronto va a ser el estreno de la obra.

—Vale. Pero ¿sigo con el tema de la chica desaparecida? —pregunta Susana.
—Mañana continúas con ese tema. Hoy, vas con Pepa al teatro —decide Teresa.

Las dos chicas salen de la agencia y van al teatro. En el teatro las conocen, así que no les piden la documentación, se sienten importantes. Es pronto, los actores no están todavía, solo Adolfo, el director de la obra, que se pone muy contento cuando las ve:

—¡Qué sorpresa! ¿Vais a escribir otro artículo? —pregunta Adolfo.
—Depende —contesta Susana—. Si pasa algo nuevo ...
—¡Estupendo! Seguro que sí. Tenéis que esperar un poco, los actores no están aquí todavía.

Las chicas se sientan en unas butacas del teatro y se miran extrañadas. Hoy hay más personas de público, están sentados en las butacas de los extremos.

"That's weird! People usually prefer to sit in the center" Pepa says.

"Adolfo is very happy to see us, maybe too much, right?" Susana says.

"Today it seems that everyone knows more than we do" Pepa observes

"Yes, indeed" Susana replies.

"Something strange is happening here."

"It's true!" The two girls laugh.

All the actors arrive except Lucia de la Vega, Diana is replacing her today. They start rehearsing, it's a general rehearsal, so they'll see the whole play from the beginning.

"Great! Let's see the whole play" Pepa says.

"Yes, maybe that's why there's more public" Susana senses.

"Well, it seems that this time I'm going to write about the play, not about mysteries." says Pepa.

"Indeed. Listen, why do you think Lucia de la Vega is not here?" Susana asks.

"I do not know, I guess it is because of her knee."

"Diana does it very well" says Susana as she watches the play.

"Yes. Let's shut up. I have to pay attention; I have to write about the play."

Pepa and Susana concentrate on the play. Suddenly, in the middle of the play, there is a lot of noise. Some people who are sitting at the end of the rows get up and run towards the back of the stage. The actors stop playing, the journalists do not understand anything.

—¡Qué raro! Normalmente la gente prefiere sentarse en el centro —dice Pepa.

—Adolfo está muy contento de vernos, quizá demasiado ¿no? —dice Susana.

—Hoy parece que todos saben más que nosotras —observa Pepa.

—Sí, es verdad —contesta Susana.

—Aquí pasa algo raro.

—Sí, ¡qué bien! —Las dos chicas se ríen.

Todos los actores llegan excepto Lucía de la Vega, Diana la sustituye hoy. Empiezan a ensayar, es un ensayo general, así que van a ver la obra desde el principio.

—¡Qué bien! Vamos a ver la obra completa —dice Pepa.

—Sí, a lo mejor por eso hay más público. —Presiente Susana.

—Bueno, parece que esta vez voy a escribir sobre la obra, no sobre misterios —dice Pepa.

—Sí. Oye, ¿por qué crees que no está aquí Lucía de la Vega? —pregunta Susana.

—No sé, supongo que por su rodilla.

—Diana lo hace muy bien —comenta Susana mientras mira la obra de teatro.

—Sí. Vamos a callarnos. Tengo que prestar atención. Tengo que escribir sobre la obra.

Pepa y Susana se concentran en la obra. De repente, hacia la mitad de la obra, se oye bastante ruido. Algunas personas que están sentadas al final de las filas, se levantan y corren hacia la parte de atrás del escenario. Los actores dejan de actuar, las periodistas no entienden nada.

"Lights, lights," the director yells.

"What is happening?" Susana and Pepa also get up from their seats.

At that moment Susana sees Raúl, his police friend, taking a boy caught by the shirt. He is the boy who was filmed by the cameras wearing a Zampando's shirt.

"Raúl, Raúl" Susana screams.

"I'll be right back, Susana. I am getting him into the car so that my colleagues can take him to the police station."

The audience also leave with Raúl, they are police officers in plain clothes. After five minutes, Susana's friend returns. He's a handsome guy, dark hair, blue eyes. Raúl is so handsome, that Pepa can hardly talk.

"Well, girls, mystery solved" Raúl says.

"Great, I'm happy for Diana, right?" says Susana.

"Sure, of course, for Diana and our article" Pepa says.

"What do you want to know?" Raul asks.

"Everything. What can you tell us?" Pepa asks.

Raul tells them the whole story and Pepa takes note of everything for the article. Raúl starts telling everything from the beginning:

"Well, it's a long story, I'll start from the beginning. Marisa, one of the substitute actresses, finds out that Lucía de la Vega does not want to act again in Luna Rota because she has a lot of problems with the director. The two actresses, Diana and Marisa, know the role of Lucia but there is a problem, the first substitute for Lucia is Diana, not Marisa. On the other hand, if Diana disappears, Marisa can play for Lucia."

—Luces, luces —grita el director.

—¿Qué pasa? —Susana y Pepa también se levantan de sus asientos.

En ese momento Susana ve a Raúl, su amigo policía, lleva a un chico cogido por la camisa. Es el chico grabado por las cámaras que tiene la camisa de Zampando.

—Raúl, Raúl —grita Susana.

—Ahora vuelvo, Susana. Lo dejo en el coche y mis compañeros lo llevan a la comisaría.

Las personas del público también se van con Raúl, son policías con ropa normal. A los cinco minutos el amigo de Susana regresa. Es un chico guapísimo, moreno, ojos azules. Es tan guapo que Pepa casi no puede hablar.

—Bueno, chicas, misterio resuelto —dice Raúl.

—Estupendo, me alegro por Diana, ¿no? —dice Susana.

—Claro, claro, Diana y nuestro artículo —dice Pepa.

—¿Qué queréis saber? —pregunta Raúl.

—Todo. ¿Qué puedes decirnos? —pregunta Pepa.

Raúl les cuenta toda la historia y Pepa toma nota de todo para el artículo. Raúl empieza a contar todo desde el principio:

—Bueno, pues, es una historia larga, voy a empezar desde el principio. Marisa, una de las actrices sustitutas, se entera de que Lucía de la Vega no quiere actuar nunca más en Luna Rota porque tiene muchos problemas con el director. Las dos actrices, Diana y Marisa, saben el papel de Lucía, pero hay un problema, la primera sustituta de Lucía es Diana, no Marisa. En cambio, si Diana desaparece, Marisa puede hacer el papel de Lucía.

"Why doesn't she want the role of Diana? It is not so bad. Does Marisa think she's a better actress than Diana?" Susana asks.

"It is not a problem of playing well or badly, but of money. Marisa and her boyfriend need a lot of money to pay the boy's gambling debts."

"The boy in the checkered shirt?" Pepa asks.

"Exactly. Someone robs Diana and confesses to Marisa that she is afraid and that she is going back to Salamanca. So, they decide to scare Diana a little more with the falling spotlights and the car that tries to run you over."

"So, the driver who almost ran us over ..." Pepa starts to say.

"Marisa's boyfriend" Raúl finishes.

"But how does he manage to get into the theater? They always ask for documentation at the entrance" Susana asks

"She comes in like the rest of the actors, they know her" Raúl continues. "While the others rehearse, she calls the staff at the entrance and tells them they are going to bring food from a restaurant. He comes in easily; at the entrance they suspect nothing."

"Of course, she can be on stage at the same time that her boyfriend throws spotlights, nobody connects her to this" Pepa says.

"Exactly, Pepa. By the way, thank you very much for the information, it helped us to connect Marisa to the guy recorded with the camera, there are only two Zampando restaurants in Madrid" Raúl says.

"You're welcome" says Pepa, red as a beetroot.

"Hey, Pepa, do you have any plans for tomorrow?" asks Raúl. "I need some help on a case."

"What?" Pepa babbles.

—¿Por qué no quiere el papel de Diana? No está mal. ¿Marisa cree que es mejor actriz que Diana? —pregunta Susana.

—No es un problema de actuar bien o mal, sino de dinero. Marisa y su novio necesitan mucho dinero para pagar las deudas de juego del chico.

—¿El chico de la camisa de cuadros? —pregunta Pepa.

—Exacto. Alguien atraca a Diana y le confiesa a Marisa que tiene miedo y que va a volver a Salamanca. Así que deciden asustar a Diana un poco más con los focos que se caen y el coche que intenta atropellaros.

—Así que el conductor que casi nos atropella ... —empieza a decir Pepa.

—El novio de Marisa —termina Raúl.

—Pero ¿cómo puede entrar al teatro? Siempre piden documentación en la entrada —pregunta Susana.

—Ella entra como el resto de los actores, la conocen —continúa Raúl. Mientras los otros ensayan, ella llama al personal de la entrada y les dice que van a traer comida de un restaurante. Él pasa tranquilamente, en la entrada no sospechan nada.

—Claro, ella puede estar en el escenario al mismo tiempo que su novio tira focos, nadie la relaciona con esto —dice Pepa.

—Exacto, Pepa. Por cierto, muchas gracias por la información, así relacionamos a Marisa con el chico grabado con la cámara, solo hay dos restaurantes Zampando en Madrid —dice Raúl.

—De nada, de nada —dice Pepa, roja como un tomate.

—Oye, Pepa, ¿tienes algo que hacer mañana? —pregunta Raúl. — Necesito ayuda para un caso.

¿Eeeh? —balbucea Pepa.

VOCABULARIO DEL CAPÍTULO 17

Pedir: verbo irregular en presente. Algunos estudiantes no comprenden bien la diferencia entre "pedir" y "preguntar". Cuando pides algo, después tienes una cosa en la mano, normalmente. Cuando preguntas, tienes una respuesta. Algunas veces también puedes pedir información.

Comisaría (la): la oficina donde trabajan los policías.

Callarnos: verbo "callar" con el pronombre "nos", se refiere a nosotros. El verbo es "callarse", reflexivo, por esa razón tiene un pronombre.

Ruido (el): un sonido indeterminado y normalmente molesto.

A los cinco minutos: cinco minutos después.

Atropellaros: El verbo "atropellar" más el pronombre "os". "Atropellar" es cuando un coche golpea a una persona.

Atracar: robar a alguien con violencia.

Roja como un tomate: expresión que se usa para decir que tu cara se pone muy roja cuando alguien dice algo que te da vergüenza.

Por la tarde, Pepa y los compañeros de trabajo se van de copas. Van a la zona de Huertas, una zona donde hay muchos bares en Madrid.

In the evening, Pepan and their co-workers go for a drink. They go to the Huertas area, an area where there are many bars in Madrid.

CHAPTER 18. LET'S GO PARTYING

Pepa brings champagne to the office, she wants to celebrate the success of her first job at the agency. They make a toast, drink and congratulate Pepa and Susana.

"To us" everybody says.

"Yes, and to a job well done" Laura says.

"Yes, a success and it seems not only at work, right?" Susana says.

"Susana, please" Pepa replies.

"What do you mean?" Luis asks.

"Nothing, she does not mean anything," Pepa replies.

"And ... changing the subject. Since it's Friday, we can go for a drink tonight. What do you think?" Pepa proposes

"Very good. This evening we'll go for a drink," says Luis. "I'm going to ask Madi if she wants to come."

"I'm also going to call Diana. And you, are you coming?" Susana asks other colleagues.

"Of course, we have to celebrate more, it is a great success."

"Cool."

Teresa arrives at that moment. She takes a glass of champagne and sends them to work.

"Congratulations, girls. Come, come on, everyone, let's work. There are many things to do."

"Yes, boss" Susana y Pepa say.

"Luis, does the champagne taste better than the coffee?" Teresa asks.

"Much better."

"You can also try to make the coffee someday, right?" Teresa proposes.

CAPÍTULO 18. VAMOS DE MARCHA

Pepa lleva cava a la oficina, quiere celebrar el éxito de su primer trabajo en la agencia. Brindan, beben y felicitan a Pepa y a Susana.

—Por nosotros —dicen todos.

—Sí y por un trabajo bien hecho —dice Laura.

—Sí, todo un éxito y parece que no solo en el trabajo ¿no? —dice Susana.

—Susana, por favor —responde Pepa.

—¿Qué quieres decir? —pregunta Luis.

—Nada, no quiere decir nada —responde Pepa.

—Y … cambiando de tema. Como es viernes, podemos ir de copas esta noche. ¿Qué os parece? —propone Pepa.

—Muy bien. Esta tarde vamos de copas —dice Luis— voy a preguntar a Madi si quiere venir.

—También voy a llamar a Diana. Y vosotros, ¿os venís? —pregunta Susana a otros compañeros.

—Claro, tenemos que celebrarlo más, es un gran éxito.

—Guay.

Teresa llega en ese momento. Toma una copa de cava y les manda a trabajar:

—Felicidades chicas. Venga, vamos, todos a trabajar. Hay cosas que hacer.

—Sí, jefa —dicen Susana y Pepa.

—Luis, ¿el cava está mejor que el café? —pregunta Teresa.

—Mucho mejor.

—También puedes intentar preparar tú el café un día ¿no? —propone Teresa.

"And how am I supposed to complain then?" Luis replies.
"You're right, Luis. Come on, let's work."

In the evening, Diana, her boyfriend from Salamanca, Madi, Pepa and their co-workers go for a drink. They go to the Huertas area, an area where there are many bars in Madrid. They make toasts over and over again:

"To Pepa and Susana. Cheers!" Everybody says.
"To a successful career at the agency" Luis says.
"To Diana, our favorite actress" Susana says.
"Hey, Diana, what about Lucía de la Vega's knee?" Pepa asks.
"An excuse to avoid working with Adolfo" Diana answers.
"And the police trap to stop Marisa and her boyfriend?" Pepa asks.
"Yes, everything was set up by Raúl and me, very easy" Diana explains. "I call Marisa's boyfriend's restaurant; I say I'm Marisa and ask for a pizza for the theater. Marisa's boyfriend thinks he has to do the same thing as before ... and the trap is set. He goes to the theater and, of course, tries to throw another spotlight when Diana is on stage, as always. And you know the rest, the police catch him at that moment, he tries to escape and theater lights come on."

At this moment, Raúl arrives.

"Hi, guys, how are you?" Raúl greets.
"Hello, Raúl" greets Susana. "What are you doing here?"
"Hi, Pepa. You look beautiful!" Raúl says.
"Hi" Pepa is as red as a beetroot, she is so nervous that she cannot say anything else.

The end

—¿Y cómo voy a quejarme? —responde Luis.

—Tienes razón, Luis. Venga, a trabajar.

Por la tarde, Diana, su novio de Salamanca, Madi, Pepa y los compañeros de trabajo se van de copas. Van a la zona de Huertas, una zona donde hay muchos bares en Madrid. Brindan muchas veces:

—Por Pepa y Susana. Chin-chin —dicen todos.

—Por una carrera de éxito en la agencia —dice Luis.

—Por Diana, nuestra actriz favorita —dice Susana.

—Oye, Diana, ¿y la rodilla de Lucía de la Vega? —pregunta Pepa.

—Una excusa para no trabajar con Adolfo —contesta Diana.

—¿Y la trampa de la policía para detener a Marisa y a su novio? —pregunta Pepa.

—Sí, todo preparado por Raúl y por mí, muy fácil —explica Diana—. Llamo al restaurante del novio de Marisa, digo que soy Marisa y pido una pizza para el teatro. El novio de Marisa piensa que tiene que hacer lo mismo que otras veces … y ya está la trampa preparada. Va al teatro y, claro, intenta tirar otro foco cuando Diana está en el escenario, como siempre. Y sabéis lo demás, la policía lo coge en ese momento, intenta escapar y encienden las luces del teatro.

En ese momento llega Raúl.

—Hola chicos ¿qué tal? —saluda Raúl.

—Hola Raúl —saluda Susana—. ¿Qué haces por aquí?

—Hola Pepa. ¡Qué guapa estás! —dice Raúl.

—Hola —Pepa está roja como un tomate, está tan nerviosa que no puede decir nada más.

Fin

Carmen Madrid

VOCABULARIO DEL CAPÍTULO 18

Cava (el): vino espumoso de España, similar al champagne.

Celebrar: en este contexto, hacer una fiesta por una razón.

Brindan: verbo "brindar", beber una bebida alcohólica y expresar alegría o un deseo. La preposición que tiene este verbo es POR "brindar por nosotros".

Guay: cool.

Vamos de copas: el verbo IR DE es muy común para expresiones como "ir de copas", significa salir e ir a beber alcohol, "ir de marcha" es salir de fiesta.

Quejarme: verbo "quejarse", expresar molestia, decir que algo no te gusta o sientes dolor o pena.

Trampa (la): objeto que se usa para atrapar a un animal. En este contexto es una estrategia para atrapar a una persona.

Está roja como un tomate: expresión que se usa cuando alguien se pone rojo/a porque alguien siente vergüenza.

Carmen Madrid

EJERCICIOS

MISTERIO EN EL TEATRO

Autora: Carmen Madrid

carmenmadrid.net
pepatorresperiodista@gmail.com

After each chapter, you can read the English version and try to **translate the whole chapter** into Spanish. Or, you can read in English only the **phrases** that can be **useful** and try to translate them into Spanish. Check if it is correct in the Spanish version.

You will find an example at the end of the book.

Después de cada capítulo, lea la versión en inglés e intente **traducir todo el capítulo al español**. O bien, puede leer en inglés solo las **frases** que pueden ser **útiles** e intentar traducirlas al español. Verifique si es correcto en la versión en español.

Encontrarás un ejemplo al final del libro.

CAPÍTULO 1

1. ¿Cómo se llama la protagonista del libro?
☐ Se llama es Pepa.
☐ Su nombre está Pepa.
☐ Se llama Pepa.

2. ¿En qué trabaja? ¿Cuál es su profesión?
☐ Es journalista.
☐ Es periodista.
☐ Está periodista.

3. En su primer día de trabajo ¿a qué hora llega Pepa a la agencia?
☐ Llega a las 9 h.
☐ Llega a las 9'15 h.
☐ Llega a las 8'45 h.

4. La señora Maldonado …
☐ no está en la agencia.
☐ está esperando a Pepa en la cafetería de la agencia.
☐ no trabaja hoy.

CAPÍTULO 2

5. En una casa, ¿dónde está normalmente el fregadero?
☐ En el cuarto de baño.
☐ En la cocina.
☐ En el salón.

6. ¿Qué dice Susana cuando saluda a Pepa por primera vez?
☐ Hola Pepa, ¿cómo estás?
☐ Hola Pepa, ¿qué tal estás?
☐ Hola Pepa, ¿qué tal?

7. ¿Cómo saludan a Pepa sus nuevos compañeros de trabajo?

☐ Saludan a Pepa con dos besos.

☐ Dan la mano a Pepa.

☐ Dan un abrazo a Pepa.

8. ¿De dónde es Pepa?

☐ Pepa es de Madrid.

☐ Pepa está de Madrid.

☐ Pepa es de Barcelona.

9. ¿Qué piensa Luis del café?

☐ Luis piensa que está malísimo.

☐ Luis piensa que es malo.

☐ Luis piensa que está bueno.

10. ¿Con quién está viviendo Pepa ahora?

☐ Pepa comparte un piso con una amiga.

☐ Pepa vive con su hermana.

☐ Pepa comparte piso con un compañero del trabajo.

CAPÍTULO 3

11. ¿Cómo es el despacho de Teresa Maldonado?

☐ Es grande y hay dos mesas.

☐ Es pequeño y está dos mesas.

☐ Es grande y están dos mesas.

12. Completa el siguiente cuadro sobre el despacho, según el ejemplo:

You can watch a tutorial with video about How do you know when to use HAY or ESTÁ(N) + locations in Spanish:
https://carmenmadrid.net/tutorialELE/beginners/tutorials/hay-or-esta/

¿Qué hay?	¿Dónde están esas cosas?	Existencia +localización
Hay una mesa grande. Hay un ordenador.	La mesa está en el centro.	Hay una mesa en el centro del despacho. ....

¿Puedes hacer un dibujo del plano del despacho?

13. ¿Cómo es Teresa Maldonado? Escríbelo en el lugar correcto.

Es ...	Tiene ...	Lleva ...	Está ...
Delgada	El pelo oscuro y largo	Un traje negro	Sentada

14. Teresa Maldonado saluda a Pepa de manera formal.

- ☐ Teresa da la mano a Pepa.
- ☐ Teresa da dos besos a Pepa.
- ☐ Teresa da un abrazo a Pepa.

15. ¿Qué trato prefiere Teresa Maldonado para hablar?

☐ Teresa prefiere un trato formal, hablar de usted.

☐ Teresa prefiere un trato informal, hablar de tú.

☐ Teresa prefiere un trato formal, hablar de tú.

16. ¿Cuántos apellidos tiene Pepa?

☐ Pepa tiene un nombre y un apellido.

☐ Pepa tiene nombre y dos apellidos.

☐ Pepa tiene dos nombres y un apellido.

17. ¿Qué es el D.N.I.?

☐ El número de cuenta del banco

☐ El número del seguro médico (la Seguridad Social).

☐ Es un número de identidad, similar al número del pasaporte.

CAPÍTULO 4

18. ¿Por qué Pepa no trabaja hoy?

☐ Teresa dice que puede empezar a trabajar el lunes.

☐ No hay mucho trabajo hoy.

☐ Pepa se siente mal.

19. Marca la frase correcta.

☐ Luis gusta Madi.

☐ Luis le gusta Madi.

☐ A Luis le gusta Madi.

☐ A Luis gusta Madi.

20. Marca la frase correcta. ¿Qué significa la frase correcta del ejercicio 19?

☐ Luis likes Madi.

☐ Madi likes Luis.

CAPÍTULO 5

21. Marca la frase correcta (puede haber más de una frase correcta).
☐ Toma el desayuno una tostada y un café.
☐ Desayuna una tostada y un café.
☐ Toma una tostada y un café para desayunar.

22. ¿Qué es "un ensayo" de una obra de teatro?
☐ Es un texto escrito donde están los diálogos de los actores.
☐ Los actores practican sin público antes de representar la obra con público.
☐ Una obra de teatro corta.

23. ¿Pepa está viviendo en casa de Madi?
☐ Sí, vive en casa de Madi.
☐ No vive en casa de Madi, pero quiere vivir allí.
☐ No quiere vivir en la casa de Madi.

24. ¿Qué significa "vaya, vaya" en esta frase?
☐ Es una expresión de burla.
☐ Susana quiere irse.
☐ Luis se va a casa de Madi.

CAPÍTULO 6

25. ¿Qué significa "céntrico"?
☐ Está en el centro de una ciudad.
☐ Está cerca del lugar donde estás ahora.
☐ Está en el sur de la ciudad.

137

26. Relaciona cada una de estas palabras con su definición:

El escenario	Personas colocadas en línea o en un cine o teatro, los asientos colocadas así.
La fila	Silla o asiento de un teatro o un cine. Tiene brazos y respaldo.
La butaca	Un tiempo en el que no se trabaja.
La escena	En el teatro, el lugar donde los actores representan la obra.
El descanso	Representación de una obra o parte de una obra de teatro antes de su estreno.
El ensayo	En una obra de teatro, una parte más corta que un acto.

27. Sinónimo de "ponerse de pie".

□ Tumbarse.

□ Sentarse.

□ Levantarse.

28. Sinónimo o sinónimos de "luego".

□ Adiós.

□ Más tarde.

□ Después.

29. Escribe el presente de indicativo del verbo "SUSTITUIR".

30. Sinónimo de "estar asustado/a".

□ Estar informado/a.

□ Ser sustituido/a.

□ Tener miedo de algo.

31. ¿Qué significa "a lo mejor"?
□ Bien, bueno.
□ Quizás, probablemente.
□ Muy bien, muy bueno.

CAPÍTULO 7

32. ¿Cómo es el Café Comercial? Escríbelo en el lugar correspondiente.

Es …	Tiene …	Está …

33. ¿Cómo pide Diana el café?
□ ¿Puedo tener un café?
□ Quiero un café.
□ ¿Me pone un café? Por favor.

34. ¿Qué dice el camarero cuando sirve el café y las otras cosas?
□ Aquí está.
□ Aquí están.
□ Aquí tienen ustedes.

35. En España, ¿qué es una "caña"?
□ Un tubo pequeño y largo para tomar la Coca-Cola u otro refresco.
□ Un pelo blanco.

☐ Una cerveza en vaso pequeño.

36. ¿Cómo se siente Diana? ¿Qué verbos usa para describir cómo se siente?

....
....
....
....
....
....

37. ¿Qué significa "¡hala!"?
☐ Es otra forma de decir "hola".
☐ En esta frase es una expresión de sorpresa.
☐ Es sinónimo de "bravo".

38. ¿Qué hacen Pepa y Susana para no olvidar nada de lo que dice Diana?

....
....
....
....

39. Relaciona las palabras de la columna de la izquierda con su definición:

El papel Persona que actúa en una película u obra de teatro, televisión…

El actor /la actriz Persona que dirige una película u obra de teatro, etcétera.

Director /-a Personaje de una obra o película que un actor representa, el rol.

Productor/-a Persona que da el dinero para una película u obra de teatro.

40. ¿Qué significa "tener celos"?

☐ sentir envidia.

☐ tener una casa.

☐ tener cosas.

CAPÍTULO 8

41. ¿Qué pide Teresa a Susana y a Pepa? Marca todas las posibilidades.

☐ Susana tiene que llamar a Diana.

☐ Pepa tiene que escribir el artículo.

☐ Susana tiene que llamar a su amigo policía.

☐ Laura tiene que hacer fotografías de Lucía de la Vega y de la obra.

☐ Pepa tiene que terminar de escribir hoy el artículo.

42. ¿Qué obligaciones tienes que hacer tú hoy?

....
....
....
....
....
....
....
....

CAPÍTULO 9

43. ¿Qué significa "¡puaj!"?

☐ Es otra forma de decir que algo te gusta.

☐ En esta frase es una expresión de sorpresa.

☐ Es una expresión de asco.

44. Todas estas palabras son un papel, pero cada uno se usa en un contexto determinado. Relaciona las dos columnas. (Recuerda que este vocabulario es de España).

La entrada   Transporte (de avión, de tren, de metro).

El billete   Restaurante o cafetería (estás sentado/a en una mesa).

El tique   Espectáculo (película, obra de teatro, disco, partido de fútbol), para poder entrar.

La cuenta   Tienda (viene del inglés *ticket*).

45. ¿Cómo es el diálogo en el que Susana presenta a Laura?

Susana:

Hombre:

Laura:

46. Imagina cómo presentas a dos amigos:

Tú: (nombre amigo 1), _____ _____ __ (nombre amigo 2)

Amigo 1: _____

Amigo 2: _____

CAPÍTULO 10

47. En una película u obra de teatro, ¿qué significa "guion"?

□ Libro o conjunto de papeles donde están los diálogos de los actores.

□ Una guía para saber cómo actuar.

□ Es donde puedes comprar las entradas en un teatro.

48. ¿Qué significa "darse cuenta de ..."?

☐ Es otra forma de decir que algo te gusta.

☐ Saludar.

☐ Notar.

49. ¿Cómo pide permiso Laura para hacer fotos?

....

....

....

....

50. ¿Qué hay en el camerino donde está Diana?

....

....

....

....

51. ¿Para qué corren Pepa y Susana?

☐ Para ver a Lucía de la Vega, una actriz muy famosa.

☐ Para ver Lucía de la Vega, una actriz muy famosa.

☐ Para ver la obra de teatro.

CAPÍTULO 11

52. ¿Qué significa que algo ocurre "de repente"?

☐ Todos los días.

☐ A menudo.

☐ Repentinamente, sin esperarlo.

53. ¿Por qué hay una "e" en la frase "sale e informa"?

☐ Es la palabra "te" mal pronunciada, las personas del sur no pueden pronunciar la "t".

☐ La palabra "y" se sustituye por "e" delante de "i-" o "hi-".

☐ Es la palabra "qué" cuando antes hay una palabra que termina por "-e".

54. ¿"Perdone" es un verbo o un sustantivo? ¿Es formal o informal?

☐ Es un verbo, está en la persona "tú", por tanto, es informal.

☐ Es un verbo, está en la persona usted, por tanto, es formal.

☐ Es un sustantivo y es formal porque lo dices cuando eres educado.

55. ¿Dónde está "la rodilla"?

☐ En la cabeza.

☐ En la mitad del brazo.

☐ En la mitad de la pierna.

56. En la frase "si pasa otro día" ¿qué significa "pasa"?

☐ Ocurre, sucede.

☐ Transporta, lleva.

☐ Comparte.

CAPÍTULO 12

57. En la frase "todos están en la cafetería" ¿qué significa "todos"?

☐ Todas las personas.

☐ Todas las cosas.

☐ "Todos" son personas y cosas.

58. ¿Por qué Teresa Maldonado ha ido hoy a la cafetería?

☐ Porque quiere charlar.

☐ Porque quiere saber si Pepa tiene algún problema.

☐ Porque no le gusta estar en su despacho.

59. En este capítulo, ¿cuándo quiere llamar Pepa a Diana?

☐ Mañana por la mañana.

☐ En 2 horas.

☐ Dentro de 2 horas.

60. Al final del capítulo 12, cuando Luis habla del café, Pepa contesta "ya, ya" ¿Qué quiere decir?

☐ Lo sé.

☐ Ahora.

☐ Antes.

CAPÍTULO 13

61. ¿Cómo puedes decir de otra manera "dos horas después"?

☐ Dos horas más tarde.

☐ A las dos horas.

☐ Al cabo de dos horas.

62. Marca la frase gramaticalmente correcta.

☐ Diana continúa a tener problemas.

☐ Diana continúa tener problemas.

☐ Diana continúa teniendo problemas.

63. ¿Qué puede significar "contar" en español? Marca las correctas.

☐ Se puede usar para "contar una historia" o "contar un chiste".

☐ Enumerar cosas, por ejemplo, euros "un euro, dos euros, tres euros", "cuentas euros".

☐ Elegir una cosa.

CAPÍTULO 14

64. ¿Pepa va a escribir un artículo?

☐ Depende de si puede contar la información que tiene.

☐ Sí, va a contarla.

☐ No, no va a contar nada porque no le permiten contar la información.

65. ¿Qué significa "tener amigos hasta en el infierno"?

☐ El infierno no es malo si tienes amigos.

☐ El infierno y el cielo están muy cerca.

☐ Es bueno tener contactos en todos los lugares, incluso en los que no te gustan.

66. En la frase "no voy a quedar con él" ¿qué puede significar "quedar"?

☐ Tener una reunión de trabajo.

☐ Ver a alguien, por ejemplo, un/a amigo/a o un novio/a, para ir al cine o tomar algo. Es informal.

☐ Tener una cita con el médico o con un abogado.

CAPÍTULO 15

67. ¿Qué significa en este contexto "dar una vuelta"?

☐ Girar 180°.

☐ Girar 360°.

☐ Salir a caminar, pasear, quizá a tomar algo.

68. Sinónimo de "lugar" que aparece en el capítulo 15.

☐ Plaza.

☐ Sitio.

☐ Pieza.

69. ¿Qué es lo contrario de "barato/a"?

☐ Extensivo/a.

☐ Diamantísimo/a.

☐ Caro/a.

70. ¿Dónde van Pepa y su hermana Patricia?

☐ Van en un bar.

☐ Van a un restaurante de comida rápida.

☐ Van a una cafetería.

71. ¿Qué dice Pepa para pagar? ¿Sabes cuándo se dicen las otras opciones?

☐ ¿Cuánto cuesta?

☐ ¿Cuánto es?

☐ La cuenta.

....
....
....
....

CAPÍTULO 16

72. Cuando vuelven a casa, Pepa llama a Raúl ¿Por qué no habla con él? Marca todas las correctas.

☐ Porque Raúl no contesta.

☐ Porque el teléfono comunica.

☐ Porque Raúl cuelga de repente.

73. ¿Qué le promete Pepa a su hermana?

☐ Le promete invitarla otro día.

☐ Le promete comprarle un regalo.

☐ Le promete llevarla al teatro.

CAPÍTULO 17

74. ¿Cómo se llama la primera representación de una obra de teatro con público?
- ☐ El primero.
- ☐ La primera.
- ☐ El estreno.

75. Cuando Pepa y Susana se sientan en el teatro piensan que ocurre algo raro ¿por qué?
- ☐ Hay muchas personas y están sentadas cerca del pasillo.
- ☐ Las personas que hay en el teatro tienen una cara extraña.
- ☐ No hay nadie.

76. ¿Por qué Pepa está contenta en el teatro?
- ☐ Porque va a ver la obra completa.
- ☐ Por ver la obra completa.
- ☐ Para ver la obra completa.

77. Las actrices Diana y Marisa saben el papel de Lucía de la Vega ... Marca todas las correctas.
- ☐ así que pueden sustituirla.
- ☐ sin embargo, pueden sustituirla.
- ☐ por eso pueden sustituir a la actriz.

78. Marisa y su novio necesitan mucho dinero ...
- ☐ por pagar las deudas.
- ☐ para pagar las deudas.
- ☐ para pagando las deudas.

79. ¿Cómo entra el novio de Marisa en el teatro? Elige la opción correcta.

☐ Marisa pide comida al restaurante donde trabaja el chico y él la lleva.

☐ Marisa pregunta por comida al restaurante donde trabaja el chico y él la lleva.

☐ Marisa ordena comida al restaurante donde trabaja el chico y él la lleva.

80. En la frase "ella puede estar en el escenario al mismo tiempo que su novio tira focos desde arriba", sustituye la parte subrayada por la expresión más correcta:

☐ mientras su novio tira focos

☐ así que su novio tira focos

☐ en el tiempo que su novio tira focos

CAPÍTULO 18

81. ¿Qué es el "cava", en este contexto?

☐ Una cueva.

☐ Una bebida parecida al *"champagne"*.

☐ Un tipo de copa.

82. Para celebrar el éxito del caso y del artículo, ¿qué dicen cuando brindan?

☐ A nosotros.

☐ Para nosotros.

☐ Por nosotros.

83. Luis pide una aclaración a Pepa y a Susana cuando hablan del éxito en el trabajo y algo más ... ¿qué dice?

☐ ¿Qué significas?

☐ ¿Qué mandas?

☐ ¿Qué quieres decir?

84. ¿Cómo preparan "la trampa" la policía y Diana para atrapar a Marisa y su novio?

....
....
....
....
....
....
....
....
....
....
....

85. Haz un resumen de todo el libro.

....
....
....
....
....
....
....
....
....
....
....
....
....
....
....
....
....
....

SOLUCIONES

Las soluciones aparecen *subrayadas.*

CAPÍTULO 1

1. ¿Cómo se llama la protagonista del libro?
☐ **Se llama** (verbo 1) **es** (verbo 2) Pepa (hay 2 verbos).
☐ Su nombre está Pepa ("estar" no se usa para el nombre).
Se llama Pepa.

2. ¿En qué trabaja? ¿Cuál es su profesión?
☐ Es journalista (no existe esta palabra en español).
Es periodista.
☐ Está periodista (con la profesión usamos el verbo SER).

3. En su primer día de trabajo ¿a qué hora llega Pepa a la agencia?
☐ Llega a las 9 h. (las nueve)
☐ Llega a las 9'15 h. (nueve y cuarto).
Llega a las 8'45 h. (llega a las nueve menos cuarto).

4. La señora Maldonado …
no está en la agencia (va a llegar más tarde).
☐ está esperando a Pepa en la cafetería de la agencia (en la cafetería están los compañeros. Pepa espera a la señora Maldonado).
☐ no trabaja hoy.

CAPÍTULO 2

5. En una casa, ¿dónde está normalmente el fregadero?
☐ En el cuarto de baño (en el baño se llama "el lavabo").
En la cocina (se usa para lavar los platos).
☐ En el salón (no hay nada parecido en el salón).

6. ¿Qué dice Susana cuando saluda a Pepa por primera vez? (Todas las fórmulas de saludo son correctas, pero solo usa una de ellas).

☐ Hola Pepa, ¿cómo estás?

☐ Hola Pepa, ¿qué tal estás?

Hola Pepa, ¿qué tal?

7. ¿Cómo saludan a Pepa sus nuevos compañeros de trabajo?

Saludan a Pepa con dos besos (es una manera común de saludo informal en España, especialmente si son personas jóvenes).

☐ Dan la mano a Pepa.

☐ Dan un abrazo a Pepa.

8. ¿De dónde es Pepa?

Pepa es de Madrid.

☐ Pepa está de Madrid.

☐ Pepa es de Barcelona.

9. ¿Qué piensa Luis del café?

Luis piensa que está malísimo (si estás hablando del sabor, usamos el verbo ESTAR, especialmente se usa si primero lo bebes).

☐ Luis piensa que es malo (si hablas de la calidad, puedes usar SER, pero aquí, lo bebe).

☐ Luis piensa que está bueno (gramaticalmente y por el sentido es correcto, pero no es lo que dice Luis en el libro).

10. ¿Con quién está viviendo Pepa ahora?

☐ Pepa comparte un piso con una amiga.

Pepa vive con su hermana.

☐ Pepa comparte piso con un compañero del trabajo.

CAPÍTULO 3

11. ¿Cómo es el despacho de Teresa Maldonado?

Es grande y hay dos mesas (hay es el verbo correcto para hablar de las cosas que existen en un lugar, HAY = there is, there are. HAY puede ir con palabras en singular y en plural).

☐ Es grande y está dos mesas *(el verbo ESTAR no es correcto, se usa para la localización ESTÁ/ "it is, he is, she is, they are").*

☐ Es grande y están dos mesas *(el verbo ESTAR no es correcto).*

12. Completa el siguiente cuadro sobre el despacho, según el ejemplo:

¿Qué hay?	¿Dónde están esas cosas?	Existencia + localización
Hay una mesa grande.	La mesa está en el centro.	Hay una mesa en el centro (**del** despacho).
Hay un ordenador.	El ordenador está en la mesa.	Hay un ordenador en la mesa.
Hay una mesa pequeña.	La mesa pequeña está a la derecha.	Hay una mesa pequeña a la derecha.
Hay una impresora.	La impresora está en otra mesa.	Hay una impresora en la mesa pequeña.
Hay una librería.	La librería está a la izquierda.	La librería está a la izquierda (**del** despacho).
Hay una ventana.	La ventana está al fondo.	Hay una ventana al fondo, detrás (**de** la mesa).

13. ¿Cómo es Teresa Maldonado? Escríbelo en el lugar correspondiente

Es ...	Tiene ...	Lleva ...	Está ...
Delgada No muy alta Tranquila Amable	El pelo oscuro y largo Los ojos claros. Cara agradable.	Un traje negro. Una camisa roja.	Sentada

14. Teresa Maldonado saluda a Pepa de manera formal.

Teresa da la mano a Pepa.

☐ Teresa da dos besos a Pepa.

☐ Teresa da un abrazo a Pepa.

15. ¿Qué trato prefiere Teresa Maldonado para hablar?

☐ Teresa prefiere un trato formal, hablar de usted.

Teresa prefiere un trato informal, hablar de tú.

☐ Teresa prefiere un trato formal, hablar de tú.

16. ¿Cuántos apellidos tiene Pepa?

☐ Pepa tiene un nombre y un apellido.

Pepa tiene nombre y dos apellidos.

☐ Pepa tiene dos nombres y un apellido.

Todos los españoles tienen 2 apellidos, uno de su padre y otro de su madre. Tradicionalmente, el primero es el del padre. Las mujeres casadas no cambian su apellido por el de su marido, conservan el apellido desde que nacen hasta que mueren.

17. ¿Qué es el D.N.I.?

☐ El número de cuenta del banco

☐ El número del seguro médico (la Seguridad Social).

Es un número de identidad, similar al número del pasaporte.

CAPÍTULO 4

18. ¿Por qué Pepa no trabaja hoy?

Teresa dice que puede empezar a trabajar el lunes.

☐ No hay mucho trabajo hoy.

☐ Pepa se siente mal.

19. Marca la frase correcta.

☐ Luis gusta Madi.

☐ Luis le gusta Madi.

A Luis le gusta Madi.

☐ A Luis gusta Madi.

20. Marca la frase correcta. ¿Qué significa la frase correcta del ejercicio 19?

Luis likes Madi.

☐ Madi likes Luis.

CAPÍTULO 5

21. Marca la frase correcta (puede haber más de una frase correcta).

☐ Toma el desayuno una tostada y un café.

Desayuna una tostada y un café.

Toma una tostada y un café para desayunar.

22. ¿Qué es "un ensayo" de una obra de teatro?

☐ Es un texto escrito donde están los diálogos de los actores. Esto es un guion.

Los actores practican sin público antes de representar la obra con público.

☐ Una obra de teatro corta.

23. ¿Pepa está viviendo en casa de Madi?

☐ Sí, vive en casa de Madi.

No, no vive en casa de Madi, pero quiere vivir allí.

☐ No, no quiere vivir en la casa de Madi.

24. ¿Qué significa "vaya, vaya" en esta frase?

Es una expresión de burla. (Es el presente de subjuntivo del verbo IR, pero algunas veces es una expresión con diferentes sentidos (sorpresa, burla, intensificador, …) depende del contexto.

☐ Susana quiere irse.

☐ Luis se va a casa de Madi.

CAPÍTULO 6

25. ¿Qué significa "céntrico"?

Está en el centro de una ciudad.

☐ Está cerca del lugar donde estás ahora.

☐ Está en el sur de la ciudad.

26. Relaciona cada una de estas palabras con su definición:

El escenario	En el teatro, el lugar donde los actores representan la obra.
La fila	Personas colocadas en línea o en un cine o teatro, los asientos colocadas así.
La butaca	Silla o asiento de un teatro o un cine. Tiene brazos y respaldo.
La escena	En una obra de teatro, una parte más corta que un acto. También puede ser sinónimo de "escenario".
El descanso	Un tiempo en el que no se trabaja
El ensayo	Representación de una obra o parte de una obra de teatro antes de su estreno, para practicar.

27. Sinónimo de "ponerse de pie".

☐ Tumbarse.

☐ Sentarse.

Levantarse (puede significar también "levantarse de la cama" por la mañana).

28. Sinónimo o sinónimos de "luego".

☐ Adiós.

Más tarde.

Después.

29. Escribe el presente de indicativo del verbo "SUSTITUIR".

Sustituyo
Sustituyes
Sustituye
Sustituimos
Sustituís
Sustituyen

30. Sinónimo de "estar asustado/a".

□ Estar informado/a.

□ Ser sustituido/a.

<u>*Tener miedo de algo.*</u>

31. ¿Qué significa "a lo mejor"?

□ Bien, bueno.

<u>*Quizás, probablemente.*</u> *(La palabra "mejor", es comparativo irregular de "bueno o bien", "better", y también puede ser el superlativo relativo de las mismas palabras, el mejor, "the best". En cambio, si va acompañada de "a lo", "a lo mejor", es un adverbio de duda como quizá(s).*

□ Muy bien, muy bueno.

CAPÍTULO 7

32. ¿Cómo es el Café Comercial? Escríbelo en el lugar correspondiente.

Es ...	Tiene ...	Está ...
Es un antiguo café	Tiene muchas mesas	Está casi vacío.
Es famoso		
Es grande		

33. ¿Cómo pide Diana el café?

□ ¿Puedo tener un café?

□ Quiero un café.

<u>*¿Me pone un café? Por favor.*</u>

34. ¿Qué dice el camarero cuando sirve el café y las otras cosas?

☐ Aquí está.

☐ Aquí están.

Aquí tienen ustedes.

35. En España, ¿qué es una "caña"?

☐ Un tubo pequeño y largo para tomar la Coca-Cola u otro refresco.

☐ Un pelo blanco.

Una cerveza en vaso pequeño (así no se calienta en verano, a los espa-ñoles les gusta la cerveza muy fría). Es una cerveza de barril, no de botella.

36. ¿Cómo se siente Diana? ¿Qué verbos usa para describir cómo se siente?

No está bien, tiene miedo. Está nerviosa. Está preocupada y pensativa.
Para decir cómo se siente usa el verbo ESTAR, no se usa el verbo ser.
También usa el verbo TENER.

37. ¿Qué significa "¡hala!"?

☐ Es otra forma de decir "hola".

En esta frase es una expresión de sorpresa.

☐ Es sinónimo de "bravo".

38. ¿Qué hacen Pepa y Susana para no olvidar nada de lo que dice Diana?

Susana toma notas y Pepa graba las palabras de Diana, graba lo que dice Diana.

39. Relaciona las palabras de la columna de la izquierda con su definición:

El papel	Personaje de una obra o película que un actor representa, rol.
El actor /la actriz	Persona que actúa en una película u obra de teatro, televisión…
Director /-a	Persona que dirige una película u obra de teatro, etcétera.
Productor/-a	Persona que da el dinero para una película u obra de teatro.

40. ¿Qué significa "tener celos"?
Sentir envidia. "Celos" se usa más para personas que tienen una relación de amor.
☐ tener una casa.
☐ tener cosas.

CAPÍTULO 8

41. ¿Qué pide Teresa a Susana y a Pepa? Marca todas las posibilidades.
Susana tiene que llamar a Diana.
Pepa tiene que escribir el artículo.
☐ Susana tiene que llamar a su amigo policía.
Laura tiene que hacer fotografías de Lucía de la Vega y de la obra.
☐ Pepa tiene que terminar de escribir hoy el artículo.

42. ¿Qué obligaciones tienes que hacer tú hoy?
Actividad libre.

CAPÍTULO 9

43. ¿Qué significa "¡puaj!"?

☐ Es otra forma de decir que algo te gusta.

☐ En esta frase es una expresión de sorpresa.

Es una expresión de asco.

44. Todas estas palabras son un papel, pero cada uno se usa en un contexto determinado. Relaciona las dos columnas.

La entrada	Espectáculo (película, obra de teatro, disco, partido de fútbol), para poder entrar.
El billete	Transporte (de avión, de tren, de metro).
El tique	Tienda (viene del inglés *ticket*).
La cuenta	Restaurante o cafetería (estás sentado/a en una mesa). Es la suma de los precios.

El billete también puede ser el dinero en papel, la moneda es el dinero en metal.

45. ¿Cómo es el diálogo en el que Susana presenta a Laura?

Susana: Esta es Laura, la fotógrafa de la agencia.

Hombre: Encantado, Laura.

Laura: Encantada.

46. Imagina cómo presentas a dos amigos:

Tú: Peter, te presento a Michael. (Los nombres pueden ser de chico o chica)

Amigo 1: Encantado/a (más informal: "hola ¿qué tal?").

Amigo 2: Encantado/a (más informal: "hola ¿qué tal?").

CAPÍTULO 10

47. En una película u obra de teatro, ¿qué significa "guion"?
Libro o conjunto de papeles donde están los diálogos de los actores.
☐ Una guía para saber cómo actuar.
☐ Es donde puedes comprar las entradas en un teatro.

48. ¿Qué significa "darse cuenta de... "?
☐ Es otra forma de decir que algo te gusta.
☐ Saludar.
Notar.

49. ¿Cómo pide permiso Laura para hacer fotos?
¿Puedo hacer unas fotos de las dos? (las dos, se refiere a las dos chicas. Si fueran chicos, diría "los dos", también se puede decir "ambos o ambas".

50. ¿Qué hay en el camerino donde está Diana?
Hay dos sillas. Hay un espejo lleno de bombillas. Hay una mesa llena de maquillaje. Hay ropa. ("Hay" es impersonal, puede ir con singular y plural).

51. ¿Para qué corren Pepa y Susana?
Para ver a _Lucía de la Vega, una actriz muy famosa_ (si hablamos de personas necesitamos "a", excepto con el verbo tener "tengo un hermano" y los verbos que tienen su propia preposición "pienso en Lucía").
☐ Para ver Lucía de la Vega, una actriz muy famosa.
☐ Para ver la obra de teatro.

CAPÍTULO 11

52. ¿Qué significa que algo ocurre "de repente"?

☐ Todos los días.

☐ A menudo.

Repentinamente, sin esperarlo.

53. ¿Por qué hay una "e" en la frase "sale e informa"?

☐ Es la palabra "te" mal pronunciada, las personas del sur no pueden pronunciar la "t".

La palabra "y" se sustituye por "e" delante de "i-" o "hi-" (también "o" se sustituye por "u" delante de palabras que empiezan por "o-", "ho-").

☐ Es la palabra "qué" cuando antes hay una palabra que termina por "-e".

54. ¿"Perdone" es un verbo o un sustantivo? ¿Es formal o informal?

☐ Es un verbo, está en la persona "tú", por tanto, es informal.

Es un verbo, está en la persona usted, por tanto, es formal.

☐ Es un sustantivo y es formal porque lo dices cuando eres educado.

Informal tú	Formal usted
Perdona	Perdone

"Perdón" (el perdón) es un sustantivo, no tiene tú o usted. Podríamos considerarla formal porque se usa cuando eres educado.

55. ¿Dónde está "la rodilla"?

☐ En la cabeza.

☐ En la mitad del brazo.

En la mitad de la pierna.

56. En la frase "si pasa otro día" ¿qué significa "pasa"?

Ocurre, sucede.

☐ Transporta, lleva.

☐ Comparte.

CAPÍTULO 12

57. En la frase "todos están en la cafetería" ¿qué significa "todos"?

Todas las personas.

☐ Todas las cosas.

☐ "Todos" son personas y cosas.

58. ¿Por qué Teresa Maldonado ha ido hoy a la cafetería?

☐ Porque quiere charlar.

Porque quiere saber si Pepa tiene algún problema.

☐ Porque no le gusta estar en su despacho.

59. En este capítulo, ¿cuándo quiere llamar Pepa a Diana?

☐ Mañana por la mañana.

☐ En 2 horas.

Dentro de 2 horas.

60. Al final del capítulo 12, cuando Luis habla del café, Pepa contesta "ya, ya" ¿Qué quiere decir?

Lo sé. *("Ya" puede tener muchos significados, aquí puede ser "lo sé", pero cuando se repite, puede ser también una manera de mantener la comunicación, similar a decir "sí, sí".*

☐ Ahora.

☐ Antes.

CAPÍTULO 13

61. ¿Cómo puedes decir de otra manera "dos horas después"? (Todas son correctas)

Dos horas más tarde.
A las dos horas.
Al cabo de dos horas.

62. Marca la frase gramaticalmente correcta.

☐ Diana continúa a tener problemas.

☐ Diana continúa tener problemas.

Diana continúa teniendo problemas.

63. ¿Qué puede significar "contar" en español? Marca las correctas.

Se puede usar para "contar una historia" o "contar un chiste".

Enumerar cosas, por ejemplo, euros "un euro, dos euros, tres euros", "cuentas euros".

☐ Elegir una cosa.

CAPÍTULO 14

64. ¿Pepa va a escribir un artículo?

Depende de si puede contar la información que tiene.

☐ Sí, va a contarla.

☐ No, no va a contar nada porque no le permiten contar la información.

65. ¿Qué significa "tener amigos hasta en el infierno"?

☐ El infierno no es malo si tienes amigos.

☐ El infierno y el cielo están muy cerca.

Es bueno tener contactos en todos los lugares, incluso en los que no te gustan.

66. En la frase "no voy a quedar con él" ¿qué puede significar "quedar"?

☐ Tener una reunión de trabajo.

Ver a alguien, por ejemplo, un/a amigo/a o un novio/a, para ir al cine o a tomar algo. Es informal.

☐ Tener una cita con el médico o con un abogado.

En España para salir con amigos se usa "quedar" o "ver a alguien", "¿quedamos mañana?, "¿nos vemos mañana?". En otros países donde se habla español, se usa el verbo ENCONTRARSE.

CAPÍTULO 15

67. ¿Qué significa en este contexto "dar una vuelta"?
☐ Girar 180°.
☐ Girar 360°.
Salir a caminar, pasear, quizá a tomar algo.

68. Sinónimo de "lugar" que aparece en el capítulo 15.
☐ Plaza.
Sitio.
☐ Pieza.

69. ¿Qué es lo contrario de "barato/a"?
☐ Extensivo/a.
☐ Diamantísimo/a.
Caro/a.

70. ¿Dónde van Pepa y su hermana Patricia?
☐ Van en un bar.
Van a un restaurante de comida rápida.
☐ Van a una cafetería.

71. ¿Qué dice Pepa para pagar? ¿Sabes cuándo se dicen las otras opciones?

☐ ¿Cuánto cuesta?

¿Cuánto es?

☐ La cuenta.

"¿Cuánto cuesta? y ¿cuánto vale?" se dicen para saber el precio.

*La **cuenta** se pide en un restaurante o en una cafetería, estás sentado y una persona te trae un papel que es la cuenta. "Cuenta" significa cualquier cálculo matemático simple: una suma, una resta, una multiplicación o una división, son cuentas en el lenguaje coloquial.*

CAPÍTULO 16

72. Cuando vuelven a casa, Pepa llama a Raúl ¿Por qué no habla con él? Marca todas las correctas.

Porque Raúl no contesta.

Porque el teléfono comunica. (El teléfono ya tiene una comunicación anterior y hace un sonido característico).

☐ Porque Raúl cuelga de repente.

73. ¿Qué le promete Pepa a su hermana?

Le promete invitarla otro día.

☐ Le promete comprarle un regalo.

☐ Le promete llevarla al teatro.

CAPÍTULO 17

74. ¿Cómo se llama la primera representación de una obra de teatro con público?

☐ El primero.

☐ La primera.

El estreno. *(también "ESTRENAR" puede ser ponerte ropa por primera vez).*

75. Cuando Pepa y Susana se sientan en el teatro piensan que ocurre algo raro ¿por qué?

Hay muchas personas y están sentadas cerca del pasillo (que forman las butacas) o sea, en los extremos de las filas.
- ☐ Las personas que hay en el teatro tienen una cara extraña.
- ☐ No hay nadie.

76. ¿Por qué Pepa está contenta en el teatro?
Porque va a ver la obra completa.
- ☐ Por ver la obra completa.
- ☐ Para ver la obra completa.

77. Las actrices Diana y Marisa saben el papel de Lucía de la Vega ... Marca todas las correctas.

así que pueden sustituirla.
- ☐ sin embargo, pueden sustituirla.
por eso pueden sustituir a la actriz.

78. Marisa y su novio necesitan mucho dinero ...
- ☐ por pagar las deudas.
- para pagar las deudas.
- ☐ para pagando las deudas.
Si alguien te presta dinero y no lo devuelves, no se lo das, tienes una deuda.

79. ¿Cómo entra el novio de Marisa en el teatro? Elige la opción correcta.

Marisa pide comida al restaurante donde trabaja el chico y él la lleva.
- ☐ Marisa pregunta por comida al restaurante donde trabaja el chico y él la lleva.
- ☐ Marisa ordena comida al restaurante donde trabaja el chico y él la lleva.

80. En la frase "ella puede estar en el escenario <u>al mismo tiempo que su novio tira focos</u> desde arriba", sustituye la parte subrayada por la expresión más correcta:

mientras su novio tira focos
☐ así que su novio tira focos
☐ en el tiempo que su novio tira focos

CAPÍTULO 18

81. ¿Qué es el "cava", en este contexto?

☐ Una cueva.
Una bebida parecida al "champagne".
☐ Un tipo de copa.

82. Para celebrar el éxito del caso y del artículo, ¿qué dicen cuando brindan?

☐ A nosotros.
☐ Para nosotros.
Por nosotros.

83. Luis pide una aclaración a Pepa y a Susana cuando hablan del éxito en el trabajo y algo más … ¿qué dice?

☐ ¿Qué significas?
☐ ¿Qué mandas?
¿Qué quieres decir?

84. ¿Cómo preparan "la trampa" la policía y Diana para atrapar a Marisa y su novio?

Diana llama a Zampando, al restaurante donde trabaja el novio de Marisa, fingiendo que es Marisa para pedir comida. En la entrada del teatro permiten entrar al chico sin problemas porque avisan de que van a traer comida de un restaurante (como hace Marisa). Entonces, él hace lo mismo que otras veces, entra, deja la comida y va a la parte de arriba y tira algún foco. Pero, esta vez la policía está allí, él corre por el teatro y la policía lo atrapa.

85. Haz un resumen de todo el libro.

Actividad libre.

Carmen Madrid

TRANSLATE INTO SPANISH

Traduce frases útiles a español. Comprueba en el libro.

INGLÉS	ESPAÑOL
CAPÍTULO 1	
Today is Pepa's first day of work.	Hoy es el primer día de trabajo de Pepa.
Pepa goes up the stairs.	
It is Pepa Torres.	
Let me walk you there.	

Haz lo mismo con otros capítulos.

AUTHOR'S NOTE

I hope that my knowledge, advice and experiences as a Spanish teacher, will help you to improve your Spanish. I would be happy if you have fun with this book and learn vocabulary and grammar. If so, I will feel happy and satisfied as a teacher.

Thank you for buying this book.

Soon I will publish other similar books, in Spanish and bilingual Spanish-English.

I just created my website (carmenmadrid.net). I hope to have more content soon than there is now.

If you are interested in these reading books and want to learn more about them or if you want to make a comment or need some clarification about this book, send an e-mail to: pepatorresperiodista@gmail.com. I would like to know what levels of reading books you are interested in.

On the other hand, if this book has been interesting and useful, I would appreciate it if you wrote your opinion on Amazon. If you leave a comment, you will help me a lot to continue writing. Your support is very important to me.

You can put a comment on the page of this book on Amazon in "Customer Reviews", "Write a Customer Review" on amazon.com or on "customer reviews", "write my opinion" on amazon.es.

Thank you.

NOTA DE LA AUTORA

Espero que mis conocimientos, consejos y experiencias como profesora de español, te sirvan para que mejores tu español. Me alegraría mucho que te divirtieras con este libro y que aprendieras vocabulario y gramática. Si es así me sentiré contenta y satisfecha como profesora.

Gracias por comprar este libro.

Próximamente publicaré otros libros similares, en español y bilingües español-inglés.

Acabo de crear mi web (carmenmadrid.net) espero tener más contenido pronto del que hay ahora.

Si te interesan estos libros de lectura y quieres informarte más sobre ellos o si deseas hacer algún comentario o necesitas alguna aclaración sobre este manual, envíame un e-mail a: pepatorresperiodista@gmail.com. Me gustaría saber qué niveles de libros de lectura te interesan.

Por otro lado, si este libro te ha resultado interesante y útil, te agradecería que escribieras tu opinión en Amazon. Si dejas un comentario, me ayudarás mucho a continuar escribiendo. Tu apoyo es muy importante para mí.

Puedes poner un comentario en la página de este libro en Amazon en "Customer Reviews", "Write a Customer Review" en amazon.com o en "opiniones de clientes", "escribir mi opinión" en amazon.es.

Muchas gracias.

CONTACTO

Contact me:

Puedes ponerte en contacto conmigo a través de mi web:

carmenmadrid.net/contact/

Mail: pepatorresperiodista@gmail.com
carmenmadridonline@gmail.com

 Facebook: learn spanish with carmen madrid

 Twitter: @bycarmenmadrid

#pepa

 Youtube: https://www.youtube.com/chan-nel/UCiNDBg6Z6s-j9gjiYDVWzjw

OTROS LIBROS

MÉTODO DELE B2: PRUEBA ORAL. **Guía paso a paso para aprobar por tu cuenta la prueba oral del DELE B2.**

Como su nombre indica es un libro para preparar el examen oral de español DELE. Es un libro de nivel alto y escrito totalmente en español. Está dirigido a profesores que preparan a estudiantes para el examen y para estudiantes que quieren prepararlo por su cuenta. Contiene: un DELE-CALENDARIO que es una **guía paso a paso**, "tips", trucos y **estrategias** para preparar el examen, **esquemas** para la preparación de 20 minutos, **esquemas de expresiones útiles,** un **ejemplo** de prueba oral completa del DELE B2 por escrito, **2 modelos** de examen oral similares al oficial para **practicar**, varios **ejercicios** y mucho más.

Acentos del español es un libro para estudiantes brasileños de nivel alto.

AGRADECIMIENTOS

Me gustaría agradecer a Nancy y Paul, dos de mis estudiantes, su generosa ayuda.

I would like to thank Nancy and Paul, two of my students, for their help.

Carmen Madrid

Made in the USA
Las Vegas, NV
29 August 2021